U0165649

闇黑論文寫作

The Book of Writing Research Works

一本從碩博生到學者撰寫論文、
發表期刊所需的專業手冊～

方偉達 著

五南圖書出版公司 印行

推薦序

論文的寫作就是一項闇黑的試煉～～

　　記得，三十年前在我大一進入國立臺灣大學地理學系上的第一門課：地質學，任課老師張石角教授提到：「學問，就是要自圓其說。」這句話迄今依然在耳。

　　與偉達哥是在二十幾年前的「反美濃水庫」運動中結緣，當時就是希望能透過科學的論述，更邀請美國加州柏克萊大學的學者一起跑野外、開公聽會，結合環境運動來進行對政府政策的攻防，期間的多元訓練與學習，讓臺灣的環境運動出現不同於傳統抗爭的運作型態。

　　一篇文章或是一本論文的形成，從研究課題、研究方法、參考文獻、研究設計、資料收集、分析討論，直到寫作完成，還可能需要經過審查再修正。此過程對每位研究者而言，都是無數次的挑戰，尤其是初進研究領域的研究生們，論文就是一項取得學位的門檻，如何在論文進行之初能夠對於論文寫作與研究方法有著基礎的認知是基本功，但往往也是最讓研究生們相當煎熬的修練。

　　目前在圖書館架上或市面上關於論文寫作或研究方法論書的工具書琳瑯滿目，而偉達教授卻能由他豐富的學術經驗，整合其多元博雅的視角，從上一本《闇黑研究方法》與本書《闇黑論文寫作》，將一系列研究哲學與方法論等生硬的基本功，透過漫畫裡 12 個角色讓讀者得以清楚的理解何謂科學研究、如何進行論文的寫作，當然也在其中加入了作者對於專業的思維。

　　期待每位讀者在闇黑論文寫作的之中，找出屬於自己的那一道光吧！

國立屏東大學校長

陳永森

2022.10.30.

開場白

> 將軍的戰場在戰場，教授的戰場在講堂。 　　　　　　——方偉達

「不是出版，就是面臨滅亡」（Publish or Perish）。

這一本書，是為了給論文寫作者（writers）的一本書。這本書的過程，描述了從碩士生到研究型學者，在撰寫文字時，所需要的一本專業手冊。我知道很多教授不喜歡寫大學教科書；但是許多教授會花時間寫臉書（Facebook）、領英（Linkedin），甚至有許多教授喜歡比較谷歌學術（Google Scholar）、研究之門（ResearchGate）在網路上的互動量、引用率，以及網路聲量。有時候從事研究工作的專業者，看到了一長串的著作目錄和經驗履歷，還會私底下暗自竊喜。

在網路世代，社會對於教授的期望，已經是要十八般武藝，樣樣精通。但是，除了博碩士論文要寫，還有那麼多的期刊要讀，哪有那麼多「美國時間」。這一本書《闇黑論文寫作》（*Research Method: The Book of Writing Research Works*），除了要寫出枯燥無味的寫作過程和投稿過程，還要想破我已經斑白禿頭的頭殼，「弱弱的」描繪出我熟悉或是我不熟悉的 12 位個性鮮明的卡通角色，這都已經「太超過了」，太超過我的認知範圍了。

因為，我是一位大學教授，不擅長編劇，更不會寫劇本。我總覺得這是一種耗費過多腦力的過程，我必須抓到靈感就馬上創作；如果我的這一本書的漫畫編劇，內容編寫得不好，故事情節塑造很爛，角色胡扯；只能說，我沒有《哈利波特》作者喬安娜·羅琳（Joanne Rowling，1965 年～）編劇的天分吧。

話說，期刊論文都是要經過同行評審過程，才能發表。所以，在審查過程中，本來就是一場「政治角力」。經過專家審查之後，文章的內容是否適合發表，都是一場一場殘酷的試煉。期刊文章在最後接受或拒絕之前，可能都會經

歷很多次的審查、修改，以及重新提交。這些過程「翫歲愒時」，需要幾個月的時間的考驗。等到文章真正發表的時候，您還需要一段時間等待，有的期刊需要等待超過一年的時間。

我會寫《闇黑論文寫作》這一本漫畫小書，最初的構想，是來自於殷海光（1919～1969）的《思想與方法》啓發。我在西方哲學和方法的學習路徑，得助於這一本書非常的大。我想到他當年出版《思想與方法》（文星版，1964）之時，不過才四十五歲；但是他在五年之後，殷海光教授就因為胃癌而過世了；過世的時候，還不到五十歲。但是，我喜歡他的書，不代表我完全認同他的邏輯思惟。我惋惜的是，因為他的工作太忙，忙於臧否時事。我所欣賞的研究方法的書，他沒有更進一步的闡釋。此外，殷先生對於人生哲學的專書，也沒有能夠更專注心力，用力地論述。尤其，我認為殷海光應該要專心論述，忘卻政治壓力、世間的頭銜，甚至是要忘卻世俗的「惡評」，我認為這些都是當代的渣滓，沉澱之後，只有渣滓永遠沉澱，受人遺忘；殷海光「應該要」靜下心來，進行系統化的著書，而不是在報章雜誌寫寫批評性雜文；因為這些文章的系統性都不夠。我覺得以殷海光的聰明才智，他如果能夠專心進行系統性的研究方法進行論著，對於二十一世紀中國思想史的影響，會更大。

行筆到此，我突然想起來，普立茲獎得主、新罕布什爾大學教授唐納德・默里（Donald M. Murray，1924～2006）在 1972 年發表了一篇簡短的宣言，題目為〈將寫作視為一場過程，而不是產品〉。他認為，一位教授應該不要一直糾正學生的寫作作品，而應該更加關心學生寫作的「心路歷程」。2006年，他在臨死之前，最後於《波士頓環球報》撰寫的一篇專欄，他很感慨地說：「每次坐下來寫作，我都不知道自己能不能做得到。寫作的過程，總是一種驚喜，或是一種挑戰。當我打開電腦，我好像又回到了十七歲。我又想寫，又不知道能不能做到。」寫完這一段，他就過世了。

這是一種偉大的普立茲獎作家最後「典範轉移」的過程。「寫作，不過就是一種程序。」「沒有最好，只有更好！」

剛開始要寫作時，您需要撰寫草稿，有一些初步的想法，並且開始進行寫作的規劃、設計，讓您的大腦型塑並且發展一場思惟活動。

但是，寫作沒有既定的階段，也不是線性的過程。相反的，寫作是一種非線性的一種「社會關係」。寫作，也沒有其他取巧的方法！但是這些「社會關係」的過程，需要擁有一種指導方針和研究典範，引導您的寫作內容，進入到特定的發展方向，形之為一種美妙的過程。

也就是說，當您在擁有任何想法的時候，您需要想辦法「產生東西」，並且努力地編寫您的想法、思考您的討論主題，還要進行場景的描述。當您將要將這一種想法進行鋪陳和淬鍊，傳達給讀者的時候，您需要進一步的組織文句、努力修改，並且再度閱讀自己曾經寫過的作品，仔細看一看，還有沒有需要修改完善的地方。

「寫作，提供了一種思考的機會。」

這一本書，不是只談論枯燥的寫作過程，也不是一本只談論英文的修辭手冊；這也不是一本只針對於文本進行更改，並且糾正錯誤的無聊手冊。例如，在書中我不會一再強調英文的拼寫、主語／動詞一致、動詞時態一致性、觀點一致性，以及字詞的使用。如果您對於英文的寫作風格和修辭有興趣，我會建議您去購買一本英文的修辭學寫作書籍來看。

我在寫 2017 年版的《期刊論文寫作與發表》的時候，給我自己的著書的時間，只有三個月；但是面對這一本 2023 年漫畫版的《期刊論文寫作與發表》（闇黑論文寫作），我花了更長的時間，進行漫畫故事的鋪陳。

我想探討 2017 年版《期刊論文寫作與發表》中，沒有談清楚的「邏輯實證論」（logical positivism）。殷海光在《思想與方法》〈導論部〉駁斥「邏輯實證論」（logical positivism）；因為他擅長的是邏輯經驗論（logical empiricism）。最後，我發現了「邏輯實證論」和「邏輯經驗論」；其實，都是同一回事。

「邏輯實證論」強調「看到的東西」的證明。但是我覺得，看到的東西，都不一定可以說明是正確的；這需要「媒介者」（agent）理解人類在經驗事物的時候，所可以採用的感官觀測，來進行實證。但是，這些感官看到的，是不是都是真實的呢？這是「邏輯實證論」的問題。請注意，在此我用的是媒介者（agent），「媒介者」不一定是人類，可以是機器；這也是說明，未來「人

工智慧」，也有可能會寫「期刊文章」。

　　但是，當我們沒有看到，沒有經驗的東西，如何證明「真」，如何證明「偽」呢？殷海光的「邏輯經驗論」（logical empiricism）可以補足邏輯實證論。可是，依據我們對於人生的有限經驗，是不是都帶有文化的偏頗？語言的謬誤呢？以及認識論的偏見呢？這是「邏輯經驗論」的問題。

　　以上所談的我們的經驗，包括我們對於西方 SCI 和 SSCI 期刊的投稿經驗，多半審稿者多帶有文化的偏頗、語言的謬誤，以及認識論的偏見。我想通了之後，我開始動筆開始撰寫這一本書，包含沒有春節、沒有春假，沒有假期的沒日沒夜的工作。在方法學確定之後，撰寫工作就變得容易了。我記得在 2022 年 2 月 14 日情人節，我已經完成了全部章節的論述，等到我 2023 年 2 月 14 日情人節生日，基本上已經開始進行三校稿了。

　　對我來說，在三年的疫情期間，出國是一種痛苦。國立臺灣大學土木學系施上粟教授說：「出門一趟，很多債要還」。我苦笑說：「大家都有一屁股債，哈哈，國科會又來討債了。」

　　我認為國家科學及技術委員會是最大債主，每年借一筆納稅人繳的稅給我們；期末討成果，害我們都要「唉，唉，唉！」「我身為 SCI 期刊 *Wetlands* 副主編（associate editor）、*PLOS ONE* 主編（academic editor）和 *PLOS Sustainability and Transformation* 的專題主編（section editor），也不免和大家一樣，唉鴻遍野！哀鴻遍野。大家加油！」。施上粟教授也說：「記得嗎？我們還欠 SCI 的債要償，哈。」我忘了，我在國立臺灣師範大學永續管理與環境教育研究所，還有 SSCI 的期刊的債，難還呀！

　　債多不愁吧！

　　「人在江湖，身不由己」。既然欠錢還錢，欠債還債！天經地義。於是，這一本書《闇黑論文寫作》，在學術界江湖中人的殷切企望中，以及在我日夜顛倒時差之中，或是說在我對於時間缺乏理性思路的日夜恍惚神情之中，這一本漫畫小書，終於要誕生了。

　　我認為，論文寫作和書籍發表，就是一種學術生命的養成，也都是一點一滴的創作。

「急不了，停不了」；同時，「真實到不得了」。就需要您看教授這個位子的態度，也就是需要研究中的「科學嚴謹性」（scientific rigor）。

　　然後，知名教授的養成，都不是一日成名。教授的養成訓練，是需要經年累月、皓首白頭不斷的寫作和發表，才得到一點一滴的研究成果。

　　在課堂上默默的教書，以及在夜深人靜一個人孤獨地待在研究室中的寂寥滋味，需要有一點享受李商隱（813～858）所說的「留得殘荷聽雨聲」的味道，或是蔣捷（1245～1301）所說：「悲歡離合總無情，一任階前點滴到天明」的氛圍。

　　研究都是無情的。研究的點滴心酸，人情冷暖，自然心明。

　　當然，成果也只是一點一滴。

　　共勉之。

方偉達

2023.2.14（母難日）誌於興安華城

背景說明及人物設定

學校 ➡ 大學設定

　　國立科學大學（National Science University），簡稱 NSU，為臺灣一所四年制現代大學，和美國多所大學締結姊妹校，包含美國環宇大學（Universe University）等世界知名盟校。國立科學大學坐落於新北市，前身為北北基大學，學生暱稱為 Baby G 大學，簡稱 G 大。因臺灣少子化原因，計劃與國立新北大學合併，2023 年合併學校，改稱為國立科學大學。

角色 ➡ 人物設定

駱大衛（Dr. David Loh，1966年～）

　　國立科學大學講座教授兼地球環境科學研究所所長，天蠍座，英國劍橋大學地理學碩士生、美國環宇大學科學哲學博士，環宇大學榮譽校友，專攻氣候變遷和古氣候研究。排行第七，又稱駱七、落漆，或是駱神、洛神花。

1992年 駱大衛　　　2022年 駱大衛

何宇稱（Dr. Yu C. Ho，1972年～）

　　國立新北大學環境與永續研究所特聘教授，雙子座，環宇大學榮譽校友，環境心理學者。駱大衛妻子。暱稱為「不守恆」，又有一個綽號為「鐵玫瑰」（Iron Rose），練過公路自行車，跑過波士頓馬拉松。

1992年 何宇稱　　　2022年 何宇稱

傑克・莫思因（Dr. Jack Mersin，1958年～）

莫思因教授，英國劍橋大學博士，曾擔任氣候變遷衝擊研究所科學顧問，環宇大學（Universe University）教授。研究領域包含環境政策、氣候變遷，以及物理化學。國立科學大學特聘講座教授。

1992年　　　　2022年
傑克・莫思因　傑克・莫思因

莫思因夫人（Madam Mersin）

莫思因教授的太太。《闇黑研究方法》出現的要角。

夸克・莫須有（Dr. Quark Mershyou）

莫須有副教授，環宇大學哲學博士，莫思因教授訓練出來第一批本土博士，不擇手段，取代了莫思因教授學術地位。口頭禪是「吾愛無師，吾更愛真理」。《闇黑研究方法》出現的要角。

魯卡斯・桓問（Mr. Lucas When）

　　莫須有副教授學弟，莫思因教授關門弟子，對於「莫氏演算法」推崇無比，但是始終無法了解其中的奧祕。

馬丁・盧本斯（Sir Martin Rubens，1931～2020）

　　盧本斯教授，英國劍橋大學三一學院院士、爵士。1985 年盧本斯教授出版了《人類戰爭：地理戰略思想史的起源》一書，再版三次，該書著眼於歷史上人類戰爭在地理關係的深沉原因。2020 年 12 月，死於新冠肺炎併發症，享年 89 歲。

1992年
馬丁・盧本斯

扉扉（Feifei）

　　扉扉，2018 年美國環宇大學科學哲學碩士，曾經師事莫思因教授。何宇稱的環境心理學博士班學生。

李子杭

骆大卫教授的博士班学生。又稱牆壁哥，頂著大近視眼鏡，因為數學很好，腦袋瓜很大，小時候又被同學暱稱「光頭牆」。

陳恬

骆大卫教授的碩士班學生。喜歡熬夜、白天睡覺，不吃午餐的嬌嬌女。

目錄 Contents

卷首語

Writing is like playing video games.
寫作就像是電玩手遊。

——邁爾斯（E.C. Myers, 1978～）

PART 1

西遊記

教育就是當一個人把在學校所學全部忘光之後，剩下的東西。

Education is what remains after one has forgotten what one has learned in school.

——愛因斯坦（Albert Einstein，1879～1955）

在本書《闇黑論文寫作》第一篇〈西遊記〉，採用西方的語彙，討論的是學位論文的寫作。學位論文的寫作，是一種邏輯的推演，需要練習的邏輯，一步一步的步驟推導，這是可以討論出來的。在寫作的過程之中，需要邏輯訓練。在寫作過程之中，這也是研究生和教師之間的共同成長。寫作之間錯誤和疏漏，一定都有，但是需要建構研究互動的「互為主體性」。這些學位論文尚未發表時，在學位論文或論文標題後的方括號中包含〔未發表的博士論文〕〔Unpublished doctoral dissertation〕或〔未發表的碩士論文〕〔Unpublished master's thesis〕的說明。

論文完成之後，在參考文獻的來源中，提供授予學位的機構的名稱。一般而言，未發表的研究，包括正在進行的工作；已經交付印刷，但是尚未發表的作品，或是已經完成，但是尚未交付出版的作品。出版發生在作品首次由出版社公開發行；未發表的作品，則是指沒有以任何方式公開由出版社，或是自行印刷，沒有申請 ISSN 的印刷作品。

第一章

論文的起源

01

本書的起頭

您是否聽說過論文。

什麼是論文？

中文的論文，意思太複雜了。

您可能聽過東漢曹丕（187～226）著有《典論》，當中的《論文》是中國文學史上第一部有系統的文學批評專論作品。他談到：「夫文本同而末異。蓋奏議宜雅，書論宜理，銘誄尚實，詩賦欲麗。此四科不同，故能之者偏也；唯通才能備其體。」

這句話是什麼意思呢？曹丕當過皇帝，大家只知道他陷害過弟弟曹植，但是不知道他的文學素養很好，而且很自負。

曹丕是：「奏議應力求典雅，書論須說埋明白，銘誄以眞實爲貴，詩賦要辭藻華麗。這四類文體的表現方法各不相同，所以寫文章的人各有自己的偏長，只有通才才能同時精通各類文體。」曹丕應該覺得他精通所有的文體吧！

然而，曹丕這一篇是談論文學的作品。他的「論文」，是「品論文章」，和西方所談的「論文」有著「論文」「動詞」和「論文」「名詞」的差異。本書中討論的論文，指的是「學術論文」。學術論文是一種自然科學或是社會科學研究工作者的研究作品，論文指的是在念碩士班、博士班，或是出版在有審查制度期刊上發表的作品。這是一種用來描述科學研究成果的作品。科學文章是一種學術出版物，通常發表在科學期刊上，包含原創研究或評論。

古代和現在的說法不同

中國古代的論文，怎麼說？

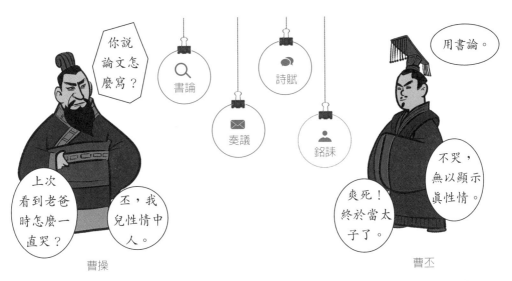

你說論文怎麼寫？

書論

奏議

詩賦

銘誄

用書論。

上次看到老爸時怎麼一直哭？

丕，我兒性情中人。

爽死！終於當太子了。

不哭，無以顯示真性情。

曹操

曹丕

魏文帝曹丕（187～226），曹操的兒子，字子桓，自幼好文學，擅長於吟詩、作賦，性格喜怒哀戚形於色，三十九歲就早死。三國時期曹魏的開國皇帝，權力慾望極重。曹丕與曹植爭奪「世子」（其實就是太子啦！），後來曹丕立了儲君之位，曾經喜極失態，摟著大臣的脖子說：「您知道我有多麼高興嗎？」

現代的論文，怎麼說？

如果論文是針對一項主題，採取邏輯方式寫成的段落文本，並且以學術研究成果方式發表，可以區分為學位論文、學術論文，以及小論文。

02
什麼是論文？

　　一般來說，在高等學府通過的碩士論文（thesis）、博士論文（disserta-tion），都是屬於未出版論文。從語源學來探討，英語的 thesis（論文）一詞源於希臘文 θέσις，這個單字有多重涵義，從事物的「設置、位置、安排」；哲學的立場、結論、論文；到修辭學的「肯定」，以及語法學的「停止」；也就是學生提出來的「最終發表命題」，這個命題需要由邏輯縝密的思路進行立場答辯。英語的 Dissertation（博士論文）一詞起源於拉丁文的 dissertātiō，意思為「話語」，和英文的 discourse 字根相同。所以博碩士生要知道，為什麼論文通過要通過口試或答辯了吧，因為您一定要能夠寫出來，還要能夠講出來，才算是論文。

學位論文

　　在學校，您講的是這些論文吧！

學士論文	在我國學制，大學畢業，不一定要繳交論文才能獲得學士學位。在日本有時稱為卒業論文，但不是院系一定要求畢業前要撰寫的論文。
碩士論文	在我國學制，研究所碩士班（中國大陸稱為研究生院、日本稱為大學院）畢業前繳交通過的碩士學位論文。美國稱為碩士論文（thesis）。在美國，有些專業的研究生院不需要論文，也可以取得碩士，這些專業學科的碩士班讓學生學習相當於碩士論文的課程特定學科研究，獲得需要畢業的學分。
博士論文	在我國學制，研究所博士班（中國大陸稱為研究生院、日本稱為大學院）畢業前繳交通過的博士學位論文，美國稱為Dissertation（博士論文）。

古代和現在的說法不同

中國古代的博士，怎麼說？

怎麼叫我「親魏倭王」？

大和民族
- 博士論文 **1**
- 修士論文 **2**
- 卒業論文 **3**

中華民族
- **1** 博士論文
- **2** 碩士論文
- **3** 學士論文

我偏鬼，你偏人，我們都委屈了。魏從巍而來。巍，高也。

我們族人太愛打來打去，乾脆之後改成「大和民族」好了。

女王卑彌呼

我有開律博士搞法律的課，歡迎來修。

魏明帝曹叡

　　魏明帝曹叡（206～239），字元仲，曹丕的兒子，曾在最高審判機關廷尉之下設立「律博士」一職，專門負責教授法律知識，增加司法官的專業。卑彌呼（ひみこ，170～248），古代日本邪馬臺國的女王，和曹魏明帝曹叡往來密切的倭女王。

中國古代有哪些博士？

秦始皇的博士	政府顧問
漢代的博士	學官，擔任教學工作
魏晉的博士	專門技藝、專門學問的職官。如魏晉和唐代的太醫博士、天文博士、算曆博士、卜博士、律博士。
唐宋的博士	專門職業的人也稱為博士，如算曆博士、茶博士、酒博士。

03
什麼是教授？

中國古代有「茶博士」；古代，也有「茶教授」嗎？

英語的 professor 一字，源出於十四世紀後期的拉丁文，意思是「教授」某一領域知識的人。這個詞也是出現於古法語的 professeur，通稱為藝術或科學專業學科的人，也是一種最高級別的教師的意思。

英語的 professor 出現的歷史，可以追溯到 1706 年。一般英文 professor 的簡寫，可以寫成 prof。最早的 prof 的紀錄可以追溯到 1838 年。

教授這個詞，也有不同的涵義。包含了自稱宗教的教導者，或是曾經對基督宗教修會進行誓願的教導者。

中國古代的「教授」一詞，最早出現在漢代。漢武帝時，官府設立「太學博士」一職，教授學生。這時的「教授」，是一個動詞，意為「傳授知識」之意；而「博士」，則相當於現在的教授。

但是，動詞也會變成名詞。

現在的「教授」一詞，和古代是不同的。現代的教授一詞，是高等教育體系，如大學中的一種職稱。

古代和現在的說法不同
中國古代的教授，怎麼說？

會叫的野獸？不，會叫的烏鴉！

「教授」就是要一直叫，您聽范仲淹怎麼說。

范仲淹說「我就是烏鴉」。烏鴉縱使因報了凶訊，而使自己折翼、被

烹殺，但是不願意隱瞞眞相，也不願意後來更爲凶險的災禍發生。范仲淹說了，烏鴉是在災禍未出現，就憂慮；烈火還沒有開始燒熱，就開始恐懼。正因爲如此，烏鴉就要一直大叫。因爲「寧鳴而死，不默而生」。

彼希聲之鳳皇，亦見譏於楚狂；彼不世之麒麟，亦見傷於魯人。鳳豈以譏而不靈，麟豈以傷而不仁？故割而可卷，孰爲神兵；焚而可變，孰爲英瓊。寧鳴而死，不默而生。──范仲淹在答友人梅堯臣的《靈烏賦》

教授的沿革

1 漢武帝「太學博士」

2 宋太宗 王宮子弟的老師

4 元代 路、州、府儒學教師

3 明清兩代 府學教師

回想小時候，我爹死了，我娘改嫁朱爹。但我不姓朱，我姓范。

連續讀三年，一天一鍋粥，醬菜配稀飯。

小范老子，胸中自有數萬甲兵。

我立志當應天府學的范教授。

年老的范仲淹

年輕的范仲淹

范仲淹（989～1052），字希文，諡文正，北宋政治家、文學家、軍事家、教育家。范仲淹在回答友人梅堯臣的《靈烏賦》中強調：「寧鳴而死，不默而生」，展現了知識分子的良知。

教授在傳授知識、講課授業之餘，後來成爲學官名。漢唐以後，各級學校都設有教授，主管學校課試的具體事務。宋太宗時期，王宮子弟的老師，被稱爲教授，教授首次成爲一個名詞。在宋代，中央和地方的學校設有教授，到了宋仁宗時，宰相范仲淹推行慶曆新政，在教育上，中央和地

方的學校設立「教授」一職。元代各路、州、府儒學，以及明清兩代府學也都設有教授。

《中國官制史》怎麼說？

教授，也就是儒學教授，是中國古代文官官職名，在清朝的位階為正七品。教授為基層官員編制之一，配置於京師、外省各府。在清朝，學官的名銜按行政等級而異，府學學官稱「教授」，州學學官稱「學正」、縣學學官稱「教諭」。京府的儒學教授，分為滿人教授、漢人教授。1910 年，清朝滅亡之後，該官職廢除。（孫文良，1993 年，《中國官制史》，臺北，文津出版社。）

什麼是「考試論文」？

「考試論文」

　　考試論文是國家考試為了測驗考生的國文程度，要求在考場撰寫的論文。考試論文古稱策論，唐代科舉考試中，最常見的科目是「進士」和「明經」。明經科的主要考試內容包括「帖經」和「墨義」。哇！唐朝當官，要考「填空題」。

　　「帖經」有點像現代考試的「填空題」，試題一般是摘錄經書的一句話，並且遮去幾個字，您是考生，需要填充缺少的字詞。真的是像考現代的小學生和國中生。

　　但是，「墨義」則是一些關於經文的問答題。應該是簡答題吧。

　　進士科的考試，主要是要求考生就特定的題目，創作詩、賦。有時也會加入帖經。進士一般要考試「帖經」、「雜文」、「策論」，分別考的是記誦、辭章和政見時務。

　　也就是，您要考「背多分」，越背越多分。您還要會「作文比賽」；還有，您要懂得「時事新聞」，不然，您沒辦法吹牛皮。唐朝的科舉，像是現代的基層公務員的國家考試。

公務人員論文考試是一種作文比賽

　　當今仍為公務員考試的一個項目。策論和英文的 essay 很像，只要論述特定主題，以邏輯造句產生的論文。

　　在策論中要求字體是否漂亮？是否有排版錯誤或缺字遺漏？文章外觀是

否保持構圖的美觀？內容整體是否符合主題？考官用以上標準進行評價。國家考試中的論文，往往是成為考量錄取行政人員所必需的社會科學背景、素養和價值觀的鑑定命題，在日本又稱為文科論文。

古代和現在的說法不同
中國古代的考試論文題，怎麼出？

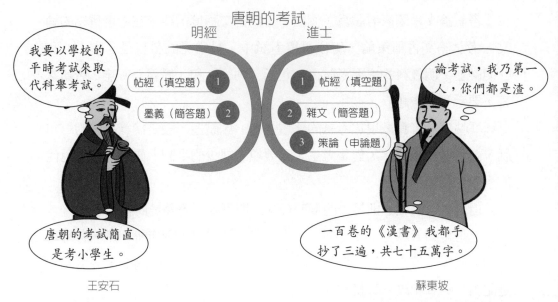

唐朝的考試

明經　　　　　　　　　　　　進士

我要以學校的平時考試來取代科舉考試。

帖經（填空題）1
墨義（簡答題）2

1 帖經（填空題）
2 雜文（簡答題）
3 策論（申論題）

論考試，我乃第一人，你們都是渣。

唐朝的考試簡直是考小學生。

一百卷的《漢書》我都手抄了三遍，共七十五萬字。

王安石　　　　　　　　　　　　　　　　　蘇東坡

　　唐高宗時代以後，進士科的地位慢慢超越了明經，成為科舉中唯一的重要科目。後來，策論為宋代以來各朝常用作科舉試士的項目之一。宋朝王安石（1021～1086）和蘇東坡（1037～1101）都是策論的佼佼者。策論的特點，是以論點作為寫作的中心，分條析理、針砭時事，以提供時務對策的議論文。到了清朝末年，廢除八股，又以策論取士。

05
您「考論文」，有創意嗎？

王安石的創意

　　從小到大，您已經讀了很多書。老師叫您一直背。到了研究所，老師一直叫您不要背。背多了，寫不出論文。

　　但是，會「吟詩作賦」，只是「文筆好」，可以得到作家大賞，成為大文豪。但是可以培養官員嗎？

　　宋朝王安石執政時，曾對科舉制度進行改革，把帖經、墨義和詩賦等考試都取消了，改為以經義（解釋經書）、論（對時局的評論）和策（提出解決時弊的辦法），作為考試內容。

　　哇！王安石真的是國家高等公務人員考試的始祖。

　　但是，蘇東坡反對改革。王安石辯解說，北方人喜歡背，不喜歡理解道理，這都是「學究」，我反對「學究」。王安石的新法，有創意，首創進士科考生需要發揮創意，才能夠科舉及第。但是，蘇東坡嘲笑王安石就是「老學究」、「拗相公」。但是，到了明清時期科舉考試只要背朱熹的《四書章句集注》，用八股文作答，已經不是「背多分」，而是背到「腦袋壞掉」，背到頭殼很「燒腦」。

　　中國古代因為不考有意義的論文，熱衷科舉的人只學八股文，其他以外的知識，統統都成了「雜學」，更不要說是發展「科學」了。

古代和現在的說法不同

中國古代的論策，看看王安石怎麼說？

寫作文一定要杜撰典故。

我寫作文，寫禿了九百九十八支毛筆。

宋朝舊法

帖經（填空題）	1
墨義（簡答題）	2
詩賦（吟詩作賦）	3

宋朝新法

1	經義（解釋經書）
2	論（對時局的評論）
3	策（解決時弊辦法）

郡雖有學校，但沒有教育；太學雖有教官，但人選不OK，學生也不知道要實學。

蘇東坡

王安石

　　王安石（1021～1086）討厭填空題或是簡答題，他認為這一種強記死背經典的方法，不能夠談到經學的運用。他改用解決對策（solution paper），進行改革。在讀書法上，蘇東坡學到了王安石的治學精神。蘇東坡（1037～1101）借用《孫子兵法》，採用「八面受敵讀書法」，每次讀書都會不同的角度分主題一遍一遍地精讀，他將研究對象分為東、南、西、北、東南、東北、西南、西北八方，例如他讀《漢書》，第一遍學習「治世」，第二遍學習「用兵」，第三遍研究「官制」，第四遍呢，嗯嗯，隨便蘇東坡的胡亂定義；到了第八遍，就可以通篇理解。蘇東坡不喜歡「一目十行、不假思索」的讀書方法，他讀《漢書》做到孫子兵法中的「我專而敵分」。一次一次地分割包圍敵軍，以寡擊眾，攻破敵人的心臟。

「論」和「策」

　　「論」是史論，對於歷史上事件，說出自己的看法；「策」是對策，針對現實中存在的問題，提出解決方案。

06
用「發策」寫論文

　　明清的時代，中國陷入了八股文的時代。明憲宗成化年間（1465～1487）著重技巧，開使用八股文挑選考生。考官喜歡工工整整的對仗感覺，鼓勵用排偶文體，闡發經義的科舉考試。這一種排比的句式，表示明清文人寫作的信心。採用排比的文體，信奉重複性很高的句子，只要求句子等長，代表一種中文結構的力量。

　　古人喜歡對仗工整的文章，例如

　　滿招損，謙受益。——《尚書·大禹謨》

　　水流濕，火就燥。——《周易·乾文官》

　　但是這些東西談久了，就變陳腔濫調，無聊透頂。三國時期曹植（192～232）寫的浪漫主義名篇《洛神賦》：「翩若驚鴻，婉若游龍；榮曜秋菊，華茂春松；仿佛兮若青雲之蔽月，飄飄兮若流風之回雪」。美則美矣。但是，曹操依舊沒有選他當接班人。事實上，好的句子不多。胡適說，范仲淹之《靈烏賦》談的「寧鳴而死，不默而生」，比派屈克·亨利（Patrick Henry，1736～1799）於 1775 年在第二屆美洲殖民地維吉尼亞議會上的演講「不自由，毋寧死」早了 740 年，可以特別作為中國爭取自由史上之一段佳言。

　　但是，皇權時代您敢爭自由嗎？敢！我的直系祖先方逢年（1585～1646）考上進士，孫承宗（1563～1638）為讀卷官，看到考卷，嘆了一口氣，說真是「端人正士」。1624 年方逢年當翰林院編修，到了湖廣鄉試當主考官，出了一題策論考題中有「巨璫大蠹」語，嘲諷宦官魏忠賢是「國家的蛀蟲」，您就知道方逢年的下場了。

古代和現在的說法不同

中國古代的對策,看看魏忠賢PK方逢年怎麼說?

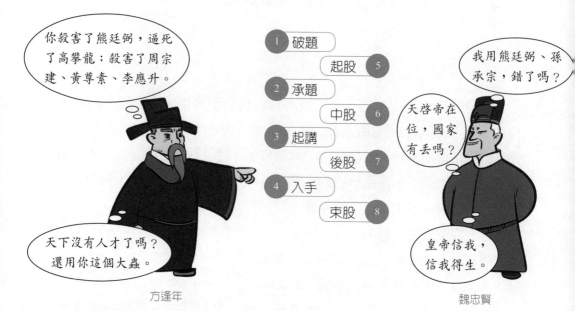

方逢年(1585~1646),字書田,號獅巒,浙江遂安(今淳安)人,進士出身,他當過東閣大學士兼禮部尚書,也就是崇禎時代的宰相。他當主考官,自己手也癢,用了易經的論點寫出《泰交策》,「宇內豈無人焉?有薄士大夫而覓皋、夔、稷、契於黃衣閹尹之流者哉。」諷刺皇帝愛用太監。魏忠賢(1568~1627)看到後非常生氣,假傳聖旨將其連降三級,御史徐復陽彈劾方逢年,削籍為民,並且用廷杖打了一頓屁股,差一點沒打死。

死氣沉沉的五經命題

明朝文武百官在朝廷上,以烏紗帽、團領衫、束帶為公服,已經夠彆扭了。在科舉考試上,明朝以《易》、《書》、《詩》、《春秋》、《禮記》五經命題,這是明太祖朱元璋和宰相劉伯溫定的,要箝制思想,只模仿宋朝

的解釋經書，但是想要學習蘇東坡在體制內的「假造聖賢」之說。這不稱為「經義」，但是叫「制義」。體材用對仗的排偶文字，稱為八股文。八股文是明清科舉考試規定的一種文體，文章由破題、承題、起講、入手、起股、中股、後股、束股八部分組成。起股到束股，各要有兩股對偶的文字，一共八股。後來用以比喻內容空洞、形式死板的文章。

07
搞懂明朝五種「策問論文」類型

　　明朝科舉考試，分為鄉試、會試和殿試。

　　試題種類從內容上劃分。主要可以分為治國總論類、封建倫理類、經濟理財類、軍事武略類、文化教育類等五種，內容還是很符合時事。

　　治國總論類的試題，是希望從總體上，探討治理國家的策略。這類試題包含了「策問」和「論」兩種題型。

　　封建倫理類題型，考核考生對於國家的忠誠度和道德思想。包含封建時代對於仁、義、禮、智、信方面的知識。這類的考題，包含在四書《論語》、《孟子》、《大學》、《中庸》中的「義」、「策問」、「論」三種題型。

　　軍事武略類型，形式包含有邊關管理的「判語」、「策問」，這些軍事武略試題，要熟讀《五經七書》等戰略書籍，並且要求考生對於塞外軍事問題，說明自己的觀點。

　　經濟理財類從賦稅、勤儉等反商主義形式著手，包含了「義」、「策問」、「論判」等內涵，通常從《鹽鐵論》等書籍著手，並且要求考生對於糧餉、國家經費欠收的問題，說明自己的觀點。

　　文化教育類的題目，涉及國家統治人才培養、興辦學校、教育理論、教育著作等批判思考，出題的方向有「義」、「策問」、「詔」、「表」、「判語」等形式。

其實，明朝讀書人在寫論文的能力方面，比我們現代人更厲害。內容需要包含上知天文、下知地理。此外，政治經濟、文化社會、軍事教育等社會議題，無所不包。但是，回答的內容是否合乎「科學」，不在考官的見解之中。

古代和現在的說法不同
中國古代的對策，看看方逢年PK魏忠賢

治國總論類	策問、論
封建倫理類	義、策問、論
經濟理財類	義、策問、論
軍事武略類	判語、策問
文化教育類	義、策問、詔、表、判語

沒有數據的策略，都是書生之見

明朝的東林黨人反對宦官太監干政，人人都是顧憲成《題東林書院》對聯所說的「風聲雨聲讀書聲，聲聲入耳；家事國事天下事，事事關心」。東林黨人主張勤儉治國，這是好事。但是，東林黨人搞不清楚的是現代經濟學。文官集團的大本營是在富庶的江南地區，無論是農業還是工商業，國家都徵收不上應得的稅收。萬曆年間因為文官集團的抵制，商稅竟降到了1.5%；江浙地方官員和富商掛勾，崇禎末期因為沒有太監辦事，官員面對富商，連 3.3% 鹽稅、茶稅、市舶稅、通過稅、營業稅都收不了，自然國家窮，地方官府向農民收稅，農民自然要造反。我認為，東林黨人私心自重。

08
利瑪竇的科學教義

　　科舉為中國歷朝發掘、培養了大量人才。但是因為不考「科學」，所以通過科舉考試成為進士者，都是擅長於文科管理的讀書人，科舉考試所考的義、策問、論、詔、表、判語，成為考試中時事論述、申論題、法律判決考試的方式。

　　天主教神父利瑪竇（Matteo Ricci，1552～1610）在明代中葉時到中國，傳播西方天文、數學、地理等「科學」技術知識給當時統治全國的士大夫階層，但是對於當時的科舉考試，沒有太多的影響。

古代和現在的說法不同
中國人有科學嗎？利瑪竇看中國

　　利瑪竇帶來的歐幾里得《幾何原本》，並且介紹他的學術心得和知識所寫的《天學實踐》，並沒有得到流傳。利瑪竇的記憶力非常好，許多人都想學習他的記憶之術，他用中文寫了一本《西國記法》的書，來介紹他的記憶方法。此外，他能夠運用四書五經，來宣講天主教的教義。進士出身的翰林徐光啟（1562～1633）學習了托勒密的「九重天說」、亞里斯多德的「四元行論」，受到他的影響，由明萬曆年間到清朝順治年間，一共有150餘種的西方書籍翻譯成中文。

　　徐光啟翻譯的歐幾里得《幾何原本》，翻譯了中文詞彙，例如點、線、面、平面、曲線、曲面、直角、鈍角、銳角、垂線、圓心、外切、幾何、星期；以及平行線、對角線、三角形、四邊形、多邊形等辭彙，沿用到了現代。利瑪竇發現，中國人在十七世紀，「醫學、自然科學、數學、天文學都十分精通」。但是他也發現「在中國人之間科學不大成為研究對象」，因為科舉考試不考。

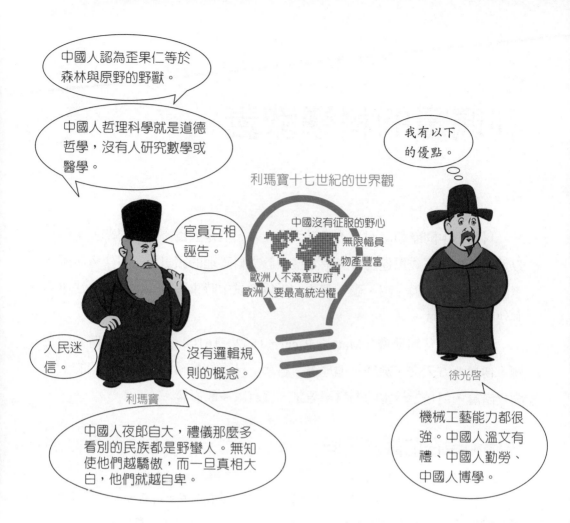

利瑪竇十七世紀的世界觀

中國人認為歪果仁等於森林與原野的野獸。

中國人哲理科學就是道德哲學，沒有人研究數學或醫學。

我有以下的優點。

官員互相誣告。

中國沒有征服的野心
無限幅員
物產豐富
歐洲人不滿意政府
歐洲人要最高統治權

人民迷信。

沒有邏輯規則的概念。

利瑪竇

徐光啓

中國人夜郎自大，禮儀那麼多看別的民族都是野蠻人。無知使他們越驕傲，而一旦真相大白，他們就越自卑。

機械工藝能力都很強。中國人溫文有禮、中國人勤勞、中國人博學。

　　前梵蒂岡教宗若望保祿二世在（Sanctus Ioannes Paulus PP. II，1920～2005）從事聖職之前，曾經擔任過運動員、戲劇演員、礦工、化學工廠員工，他在《利瑪竇到北京四百週年國際學術研討會致詞》中對利瑪竇的評價，代表天主教會的觀點：

　　利瑪竇神父最大的貢獻是在「文化交融」的領域上。他以中文精編了一套天主教神學和禮儀術語，使中國人得以認識耶穌基督，讓福音喜訊與教會能在中國文化裡降生。由於利瑪竇神父如此道地的「做中國人中間的中國人」，使他成爲「漢學家」，這是以文化和精神上最深邃的意義來說的，因爲他在自己身上將司鐸與學者，天主教徒與東方學家，義大利人和中國人的身分，令人驚嘆地融合在一起。

09
從清末到民國初年的考試

到了二十世紀，1901 年清末湖廣總督張之洞（1837～1909）請光緒皇帝降旨改革科舉，張之洞提倡興辦西學學校，改變學制、變更科舉，仿照日本學制設立學堂。

清廷下詔自 1902 年開始考文科，第一場考試考中國政治史事論五篇，第二場考試考各國政治藝學策五道，第三場考試考四書《論語》、《孟子》、《大學》、《中庸》「義」兩篇，以及五經《詩經》、《尚書》、《禮記》、《周易》和《春秋》「義」一篇，且不准用八股文。1904 年清廷頒布《奏定學堂章程》，稱為癸卯學制，為中國第一個法定新式教育學制。1906 年科舉制度廢止，在全國推廣新式學堂。

到了民國，1912 年孫文（1866～1925）在南京就任臨時大總統後，法制局編纂文官試驗章程，文官考試分為高等文官考試、普通文官考試二類。

高等文官考試分預試、正試兩種，非預試合格者，不得應正試。預試分為二場，第一場為論文考試，第二場為口述考試，論文考試及口述考試，均應以法制、經濟命題。

國內外高等專門以上各學校畢業者，不用預試。

考試科目為：㈠憲法；㈡刑律；㈢民律；㈣行政法；㈤國際公法；㈥經濟學，以上六種為必試科目。㈠財政學；㈡商律；㈢刑事訴訟律；㈣民事訴訟律；㈤國際私法，以上為必擇科目。

近代和現在的說法不同

民國初年有高等考試嗎？方本仁看中國

吾今日始知淡於功名、富貴官爵、利慾者，乃眞國士也。

我死後，爲日本去一大敵，待中國再造共和。

第一試法律

第二試策問：
一布告
一判決
一策問

我奔走於無謂的功名，自慚太穢矣！

我歷事時多，讀書時少，咎由自取，不必怨人。

袁世凱

浙省投考約五百人，甄錄試放榜，我居第一。

方本仁

　　1912年南京政府訂定的高考科目，除經濟、財政學各一科外，都是法律科目，這是受到歐陸國家「法律治國」的影響。1912年中華民國臨時政府教育部成立，南京政府教育部要求全國學校取消學習儒家經典、祭孔，大學撤銷經學科。

　　自1912年4月1日袁世凱（1859～1916）繼任臨時大總統，並且遷都北京，北京政府於1915年10月1日接連頒布了文官高等考試令，擴大了考試科目，增列了政治、經濟、文學、物理及數學等科。1916年6月，在北京舉行第一次文官高等考試，改卷者稱「襄校委員」，高考錄取了194名，俗稱「縣長考試」。

有關於這一次 1916 年 6 月考試，我仔細研讀我的大伯公方本仁（1882～1924）寫給二伯公方本義的家書，他說：「以歐洲戰劇烈，為近數百年所未有。中國財政受大影響，軍事一無準備。」「彼般憂於國家之大局，我奔走于無謂之功名，相形之下，自慚太穢矣！」

10
從東方到西方的科技

利瑪竇神父開展了東方科學的契機，這些都是西方最讓人驚嘆的科學技術。

清朝時黃寬（1829～1878）是中國第一位留學國外的博士。黃寬1841 年進澳門馬禮遜學堂，1847 年與容閎等人一起隨校長布朗夫婦抵達美國，1849 年就讀蘇格蘭的愛丁堡大學，是中國第一位留學英國學習西醫，並且獲得醫學博士學位的中國人。此外，中國第一個耶魯大學獲得醫學博士是顏福慶（1882～1970）。

中國第一位物理學博士是李復幾（FoKi Li, 1881～1947）。他經過選拔，進入南洋公學，南洋公學位於上海的徐家匯，由盛宣懷在 1896 年創辦，是當時中國少數新式高等學堂。依照《南洋公學章程》，中院畢業生應遞升上院，四年學成後，學校再擇優資送出洋留學。南洋公學先從中小學（中院和外院）開辦，並設立師範院培養教師，等中學畢業生畢業之後，就可以辦起大學部（上院）。1898 年南洋公學中院開始招生，到第二年剩下六個學生。李復幾在中學（中院）畢業之後，在英國進入倫敦國王學院（King's College）學習語言，芬斯伯理學院（Finsbury College）專習機械工程，後來到德國學習自然科學，入學德國波昂大學。李復幾師從著名物理學家、大氣中氦的發現者凱瑟爾（Heinrich Kayser，1853～1940）學習光譜學《推驗光浪新理》研究。1868 年的日食期間，凱瑟爾在太陽光譜中，檢測到一條新的光譜線，他發現了地球大氣中存在氦氣。李復幾 1907 年順利畢業，獲得波昂大學物理學博士學位。

近代和現在的說法不同
勒納實驗的想法

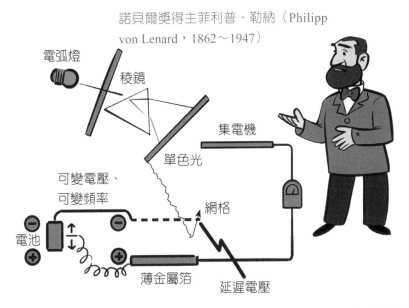

諾貝爾獎得主菲利普・勒納（Philipp von Lenard，1862～1947）

電弧燈

稜鏡

集電機

單色光

可變電壓、可變頻率

網格

電池

薄金屬箔

延遲電壓

　　諾貝爾獎得主菲利普・勒納（Philipp von Lenard，1862～1947）以他的實驗，而不是他的理論而聞名。1893年勒納以陰極射線（cathode rays）和低壓玻璃管中發出的輻射，進行了實驗，記錄了在兩個金屬板之間施加電壓時，發現了電子和X射線。勒納發現陰極射線的吸收與穿過的材料的密度成正比：似乎與電磁輻射（electromagnetic radiation）的想法矛盾。1907年李復幾博士論文中《關於勒納的鹼金屬光譜理論的分光鏡實驗的研究》，補充了勒納的理論之不足。李復幾將鈉放入兩根碳棒電弧之中，用攝譜儀拍下火焰照片。通過反覆實驗驗證勒納提出的火焰中心發射說。李復幾認為火焰圖像大小，實際上是與其強度相關。

李復幾的想法

　　讓某個物體導電就要讓它內部存在足夠多的自由電子，這樣在電場的驅動下才能產生電流。火焰具有較高的溫度，高溫會增加粒子的動能，使電子

脫離氣體分子的束縛，變成自由電子，整個火焰變成離子體。因此，當火焰溫度足夠高時是可以導電的。

他利用火焰導電特性和火焰的特點，對火焰的燃燒情況進行監測。比如，可以把一根金屬電極插入火焰中，在外加可變電壓的驅動之下，在噴嘴火焰中產生電流，檢測電流的有無，就可以判斷火焰是否熄滅。

第二章

翻滾吧！論文

01
從西方到東方的學位

　　1935 年 4 月 22 日頒布了《學位授予法》，自 1935 年 7 月 1 日施行；
2018 年 11 月 28 日中華民國政府進行修正。《學位授予法》規定學位分
學士、碩士、博士三級，對博碩士學位授予的級別、學位獲得者的資格，
以及學位評定的辦法等進行規定，這是中國現代學位制度的開端。

　　但適逢亂世，國家民族危亡之際，這項制度最終沒有得到認真施行，
到了 1949 年中華人民共和國成立之前，只有 232 人獲得碩士學位，中國
也就一直沒有自己培養授予的博士。

　　到了 1980 年，中華人民共和國《學位條例》通過，2004 年修正。

臺灣碩士論文規定	大學修讀碩士學位之學生，依法修業期滿，修滿應修學分，符合畢業條件並提出論文，經碩士學位考試委員會考試通過者，授予碩士學位。	《學位授予法》第七條
臺灣博士論文規定	博士學位候選人依法修業期滿，符合畢業條件並提出論文，經博士學位考試委員會考試通過者，授予博士學位。	《學位授予法》第九條
中國大陸碩士論文規定	高等學校和科學研究機構的研究生，或具有研究生畢業同等學力的人員，通過碩士學位的課程考試和論文答辯，成績合格，達到下述學術水平者，授予碩士學位。	《學位條例》第五條
中國大陸博士論文規定	高等學校和科學研究機構的研究生，或具有研究生畢業同等學力的人員，通過博士學位的課程考試和論文答辯，成績合格，達到下述學術水平者，授予博士學位。	《學位條例》第六條

近代和現在兩岸的說法都不同
了解您的論文

閣下寫的博論和碩論都有法律依據，請不要輕忽。

學位授予法

學位條例

您的論文，國家圖書館真的都會放三百年吧！

　　1935 年 4 月 22 日，當時的國民政府曾仿效英美等國的學位體制，頒布了《學位授予法》，制定公布全文 12 條，刊載於國民政府公報第 1722 號，並自 1935 年（中華民國 24 年）7 月 1 日施行；2018 年 11 月 28 日中華民國政府進行修正。

　　《學位授予法》第七條大學修讀碩士學位之學生，依法修業期滿，修滿應修學分，符合畢業條件並提出論文，經碩士學位考試委員會考試通過者，授予碩士學位。到了 1980 年，中華人民共和國《學位條例》在第五屆全國人民代表大會常務委員會第十三次會議通過，2004 年 8 月 28 日第十屆全國人民代表大會常務委員會第十一次會議《關於修改〈中華人民共和國學位條例〉的決定》修正。

了解您的名詞：博士

原來「博士」就是「教授」，是動詞，不是名詞？

英文「哲學」（Philosophy）一詞，目前中文翻譯是「哲學」。但是什麼是哲學博士呢？

「哲學博士」（Doctor of Philosophy），一般在美國簡寫為 Ph.D.，英國和德國則寫為 D.Phil.。

什麼是哲學呢？

歷史上，哲學不是只有一種涵義，在十七、十八世紀之前的歐洲，也就是牛頓時代，「哲學」（Philosophy）代表包羅萬象的概念。包含了現代哲學、歷史、心理、教育、文化等社會科學的內涵，同時也包括了博物、數學、物理、化學、醫學等自然科學領域。例如，牛頓將自己的科學著作，命名為《自然哲學的數學原理》，其中一點都沒有哲學的成分，而是一本物理學和數學的著作。

「哲學博士」（Doctor of Philosophy）中的 doctor 一詞，中文翻譯是「博士」和「醫生」。

但是這個詞起源於拉丁語 Docere，意思是「教學」、「指導」、「教導」或「指出」，沒有中文「廣博之士」的意思，而有「導師」的含意。Docere 是一個拉丁詞，意思是「指導」、「教導」或「指出」。西塞羅（Marcus Tullius Cicero，公元前 106～前 43），在公元前 55 年寫的著作《論演說家》（De Oratore）中，首次引用了這個術語，他描述理想的演講者，並且將演講者想像為國家的道德指導者。西塞羅建議在演講者的典

範中，有三個職責，包含了教學、愉悅，以及感動。西塞羅進一步分解了 Docere 一詞，並且總結出「教學」意味著通過理性論證和事實陳述，來提供真理。後來，這個詞彙在教堂用語中曾經是指「牧師」，也就是指導信眾理解《聖經》的學者。

古代和現代的說法都不同
了解您的博士

西塞羅（Marcus Tullius Cicero，公元前106～前43）

「博士」就是「教授」！

容我說句不客氣的話，你的論文感動過誰？

愉悅

教學

感動

　　Docere是演講者需要說服聽眾的修辭工具。Docere（教學）是西塞羅認為演講者應具備的三項職責之一。另外兩個部分是Delectare（愉悅）和Movere（感動）。西塞羅提倡的這種與聽眾的三重聯繫，通常與我們的傳統觀念有關，即人類的靈魂由理性、意志，以及情感組成。

　　此外，「博士」，即 doctor 這個稱呼，除了上述所說的古老的來源「Doctor」（博士）起源於拉丁語 Docere，詞頭「doc-」是「教導」和「教學」之意，詞尾「-tor」則是表示人的身分的英文字彙詞根。

03

了解您的名詞：博士不只一種

原來哲學博士，來自德國？

最早開始授予博士資格的地方是法國巴黎，大約為公元 1150 年左右。後來，在公元十三世紀，巴黎大學被教皇特許，開始在大學裡授予學生博士資格，以成為教堂中的導師或牧師。後來將 doctor 和 Philosophy 相結合，形成 doctor of Philosophy（簡寫為 Ph.D.）的教育頭銜。

在德語文化圈中，中古時代的博雅（liberal arts）學科，被稱為哲學（philosophie），正式成立於普魯士的柏林大學。二次大戰戰後，該校為東德統治，兩德統一之後，現在稱為柏林洪堡大學（Humboldt Universität zu Berlin），被譽為現代大學之母。柏林洪堡大學在哲學學科中推出了「哲學博士」這個學位，後來推廣到整個歐洲和美國。「哲學博士」指在哲學、社會科學，以及自然科學領域獲得研究和教學的專業資格。

而美國學制當中，和哲學博士相對的，是專業性質的博士學位（professional doctorate degrees）。哲學博士（Ph.D.）不包括醫學、獸醫、公共衛生、設計學，以及法律領域的專業博士。在下列領域之中，稱呼專門的博士學銜，例如：醫學博士（Doctor of Medicine, MD）、牙科博士（Doctor of Dental Medicine, DMD）、口腔外科博士（Doctor of Dental Surgery, DDS）、骨科博士（Doctor of Osteopathic Medicine, DO）、公共衛生博士（Doctor of Public Health, DrPH）、藥學博士（Doctor of Pharmacy, Pharm.D.）、獸醫學博士（Doctor of Veterinary Medicine, D.V.M.）、設計學博士（Doctor of Design Studies, D.Des.S.），以及法律

博士（Doctor of Juridical Science, S.J.D.）等。

十九世紀初「柏林大學」學位授予

　　bachelor原來的字意就是「年輕人、學徒、助手」，master則是象徵「熟手、師傅」，doctor 是「教師」的意思。自然科學是當時哲學系的一部分，授予哲學博士學位 Dr. phil.。

近代和現代的說法都不同
了解您的哲學博士

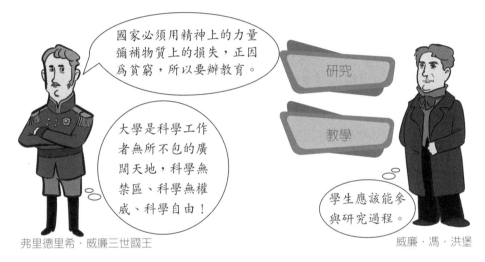

　　國家必須用精神上的力量彌補物質上的損失，正因爲貧窮，所以要辦教育。

　　大學是科學工作者無所不包的廣闊天地，科學無禁區、科學無權威、科學自由！

研究

教學

　　學生應該能參與研究過程。

弗里德里希・威廉三世國王　　　　　　　　　　　威廉・馮・洪堡

　　1809年普魯士內政部文化和教育處處長威廉・馮・洪堡（Friedrich Wilhelm Christian Carl Ferdinand von Humboldt，1767～1835）在弗里德里希・威廉三世國王的倡議下，以「柏林大學」之名所創立，並於1810年秋天開學，是第一所新制的大學，以「研究與教學合一」的精神所創立，大學完全以知識及學術為最終的目的，成立之初學科分為法學、醫學、哲學和神學，其中的「柏林大學」，現在叫做柏林洪堡大學。

了解您的形容詞：「大學」

成立全世界第一所大學，您以為很容易？

洪堡在弗里德里希·威廉三世國王的邀請之下，猶豫了很久。1808年秋，當他被任命為內政部文化教育處處長時，他不想到柏林。他想要和妻子卡羅琳留在羅馬。在羅馬，他擔任駐梵蒂岡大使，享受悠閒的文化生活。

因為和法國拿破崙的戰爭失敗的恥辱，讓威廉三世痛苦萬分。

「國家必須用精神力量，彌補物質上的損失。」

1809年2月，洪堡不能迴避，只好答應到柏林創建大學。1809年7月24日，洪堡提交了申請建立柏林大學計畫書，國王於1809年8月16日批准了計畫中的細節，包括整合皇家普魯士科學院的研究所、植物園、獸醫學校、醫學院、建築學院、農業學院、文法學校、皇家圖書館，以及國王博物館。

當時，洪堡對於教授的評價並不高，稱他們為最無法抑制、最難滿足的一類人們。他認為學生應該能夠參與研究過程。採用百科全書和方法論，成為每門學科的必修課，讓學生熟悉各領域的具體情況。他邀請數學家高斯來授課，高斯拒絕來柏林，讓洪堡感到痛苦，因為高斯的妻子不想去柏林。另一方面，很多申請教職者，因為沒有研究經驗而遭到拒絕。

洪堡最終於1810年4月29日大學開學前向國王發送了一封辭職信。他的繼任者弗里德里希·馮·舒克曼（Friedrich von Schuckmann），後來接任普魯士內政部長，否定了洪堡的教育政策。洪堡大學於1810年10月

15 日成立時，洪堡已經離職了。然而，與此同時，他制定了現代大學教育政策，並且開創了一頁現代大學的歷史。

近代和現代的說法都不同
您以為蓋大學那麼容易？

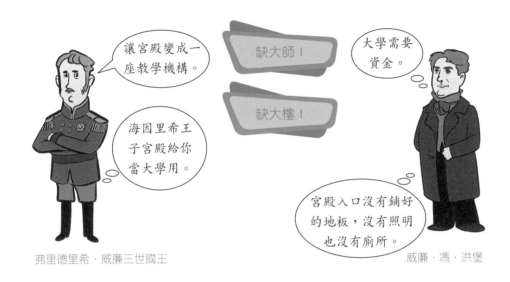

弗里德里希・威廉三世國王　　　　　　　　　　　　　　　　威廉・馮・洪堡

　　洪堡抱怨申請大學的痛苦。他說在申請成立柏林大學的階段：「實際上沒有政府，沒有力量，沒有後果，也沒有團結。」「我一個人睜著眼睛進入深淵，所有的希望對我來說也都消失了；在我看來，決議就在眼前。」他在 1809 年 5 月 30 日寫信給波茨坦的區長路德維希・馮・文克。他很沮喪的說：「即使在深淵的邊緣，也不必放棄美好。」最後，洪堡沒有為柏林大學爭取到資金。他在 1890 年左右被發現的著作《關於柏林高等科學機構的內部和外部組織》，在柏林大學創建過程中，沒有產生任何作用。威廉三世國王沒有提升他為部長大臣，洪堡於 1810 年 4 月向國王提交辭呈。

05
什麼是學位論文？

　　十九世紀初，由國家成立現代大學的資源，產生了公立大學。現代大學將科學研究，增擴為人類的知識和培養科學工作者作為自己的主要任務，推崇「學術自由」和「教學與研究的統一」。

　　但是，在西方社會，行會組織在教育上的影響依舊，行會規定了教師證照制度，並且創辦學校。學校學者模仿行業人員的組織，自成學會（studia generalia）。此外，行會的英文為 guild，但是拉丁文為 universitas，後來這個單字成為「大學」一詞的先驅。

　　歐美大學碩博士生學制建立之後，美國以耶魯大學為首，在十九世紀中葉也引進了「哲學博士」的制度。學位論文是要在畢業之前完成，需要提交的論文。

　　特別是碩士論文和博士論文，需要在提交之後進行發表（presentation）、公開詢答（public query），或是進行口試（defense）。

　　論文口試，通常在研究生口頭陳述之後，由論文審查委員會委員（committee members）進行通過 / 失敗判斷。有的國家在博士論文審查中，通常需要在提交後進行口試（答辯）和語言測試，並且與論文一同由審查委員會判定通過 / 不通過。並且核定簽名，通過簽名表範例如附錄一（P.318）。

　　那麼，博碩士論文，要怎麼寫呢？ 以下簡介一下論文的章節。

論文的章節
第一章　緒論（研究背景與動機、研究目的、研究問題、名詞界定、研究限制）
第二章　文獻回顧
第三章　研究方法（研究架構與假設、研究流程、研究範圍與對象、研究設計）
第四章　研究結果和討論
第五章　結論與建議（研究假設考驗結果、研究結論、建議）

耶魯大學，全美首例
「菸酒生」很晚才招，看到章節就頭痛

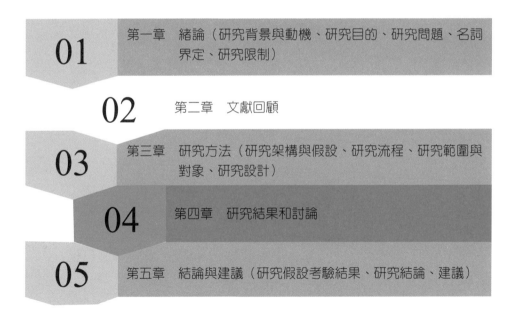

01 第一章　緒論（研究背景與動機、研究目的、研究問題、名詞界定、研究限制）

02 第二章　文獻回顧

03 第三章　研究方法（研究架構與假設、研究流程、研究範圍與對象、研究設計）

04 第四章　研究結果和討論

05 第五章　結論與建議（研究假設考驗結果、研究結論、建議）

　　1847 年 8 月，根據耶魯公司（Yale Corporation）的法案，耶魯大學哲學與藝術系招收了 11 名四年制大學本科學位的學生，提供化學和冶

金、農業科學、希臘和拉丁文學、數學、語言學和阿拉伯語的研究課程。該學院研究所由兩名全職科學教授瑟爾曼（Benjamin Silliman Jr.）和諾頓（John P. Norton），以及五位學有專精教授組成。1861 年開學時，耶魯大學授予了三位哲學博士學位 Ph.D.。這不僅是耶魯大學有史以來首創授予哲學博士學位，也是美國首度紀錄。後來，賓夕法尼亞大學於 1870 年緊隨其後，哈佛大學 1872 年授予，普林斯頓大學在 1879 年授予。耶魯大學的研究生課程繼續發展，直到 1892 年才單獨開始獨立的研究所（研究生院）招收研究生。

06
準備學位論文

在研究生學習的最後一年，學位論文可以被視為取得學位候選人的最後條件；換句話說，這也是研究生展示他們所學和內化的最後機會。

一般來說，一篇論文應該以有說服力的方式，挑戰一個智力問題，在讀者中引發發人深省的討論或爭論。研究生所撰寫的論文，大多只是擴展的學術論文，但重要的是要包含一篇完善的研究生論文，所期望的所有元素。

也就是說，學位論文都是一定都是可靠的科學論文。

可靠的科學通常意味著「我已經考慮到事實站在我這邊」。但是經常會有人質疑，提出這樣的問題。例如：「這是誰發現的事實？事實的來源是什麼？數據可靠嗎？是否有解釋上的偏見？」

當今科學以快速節奏的方式，飛速進行。因此，重要的決定，讓政策制定者、媒體，以及一般大眾很難針對能夠分辨事實的經過，而僅來自於有偏見的問題進行解釋。

因此，人類必須能夠判斷支持某個立場的科學，以及推理的內涵品質，並且知道科學發現，是否真的對於人類社會的決策有意義？

起草論文陳述（Drafting a thesis statement）

大多數論文的研究，都是從一種問題開始。

想想在學位課程中學習的主題和理論，在您的領域中是否有一個問題沒有得到充分回答？是否有一個主題，能維持您的初衷，並且值得進一步探索？

當您牢記這個問題時，請閱讀有關該主題的所有內容。向資深的研究人員尋求協助—他們會確切地知道您在尋找什麼，以及哪些材料最能支持您的研究。除了在線上搜索資訊之外，學會閱讀學術資料庫、期刊，以及書籍，也很有幫助。

我們在找什麼？

您正在尋找批判性分析。

我希望您回答一個科學問題或假設。希望您從各種來源，蒐集證據，以便您做出解釋和判斷。

您的方法，應該經過精心設計。

您的結果應該在您的主題背景下，進行明確定義和討論。

您應該要引用相關文獻。

我們正在尋找合理的論點，從您最初的問題、相關證據，進行澄清。

是否您在科學的背景之下，蒐集必要的資訊。請根據您的分析，進行判斷。

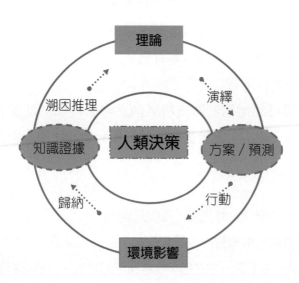

Sowa, 2009

提前規劃您的論文

如果可能的話，在大學三年級和大學四年級之間的暑假，開始進行您的論文研究。

然後在秋季開始，填寫背景資料和實驗室工作經驗，這樣您就可以準備在春季撰寫您的研究。

最好的策略，是選擇一個您感興趣的題目，同時也是一位大學教職員工或其他專業人士，正在從事的項目。這位人士，將成為您的研究導師（指導教授），讓您有一位可以與之交談，並且從中獲得背景材料的專業人士。

在論文最初的起草階段，蒐集的資訊越多，就越容易形成您的論點。

在您的論文陳述方面，請回答下列的簡單的問題：

您的論文是關於什麼的問題？是否能夠在論文陳述中，清楚地闡明您的論點？您的讀者，是否能夠快速識別您要證明的內容？

07

準備學寫議論文

　　論文就是一種議論的方式。什麼是議論文？

　　議論文，是一種採用事實證據和邏輯支持，說服讀者接受某種思維方式的文章。議論文像是一篇有說服力的文章，重點是要說服讀者接受特定的觀點。一篇議論文，是採用基於事實的證據和不容置疑的邏輯，來證明論點是真實的。

　　儘管許多類型的論文，其宗旨在於說服讀者相信特定的觀點；但是議論文在很大程度上，依賴於確鑿的證據，並且利用其他研究和來源，來證明您的論點是最好的。

　　議論文，不必咄咄逼人。相反的，作者應該要提供足夠的研究，來支持自己的主張，並使對立的觀點無效。當您寫一篇議論文時，請記住，目標是表明您的論文是唯一合乎邏輯的結論。

　　議論文側重於具體的經驗數據。因此，請勿將論證性文章和說明性文章混淆。雖然，說明性文章，也需要依賴事實證據，論證性文章假定一個觀點是正確的，而說明性文章通常提出全面性的論點，但是讓讀者自己決定何者論點為真。

討論相互矛盾的觀點

　　議論文的論點，是通過反駁對立的理論。這就是為什麼議論文不僅談論作者自己的論文，而且還討論其他相互矛盾的觀點。如果忽略所有其他觀點，則很難將一種觀點稱之為正確。所以議論文的結構，比其他論文類型的

結構還要複雜，因為您還必須提出其他觀點。這會導致更多的論述，例如首先要先解決誰的論點，以及在什麼時候，引入關鍵證據。

議論文的寫法

讓我們從最基本的議論文結構開始：

也就是簡單五段格式。

第一段是您的介紹，清楚地展示了您的論文，設置了文章的其餘部分，甚至可能增強了文字吸引力。

第二段到第四段，是您的正文。可以在其中提出您的論點和證據，並且駁斥反對者的論點。此外，每個段落都應該側重於表示支持證據，或是反駁矛盾的觀點。

第五段也是最後一段，是最後的結論。需要將所有先前證據的背景，重新進行審視，並且簡潔地進行總結。

接下來，我們要討論高級議論文結構。

有些論文需要比正常情況更為複雜的論點，進行更為明確的反駁。在這些情況下，圖爾敏式論證，應該可以滿足您的議論文的需求。

圖爾敏式論證I

亞里斯多德的經典論證，是清晰論證的一種結構，像是上面簡單的五段結構的擴展。亞里斯多德利用可信度（ethos）、情感（pathos），以及推理（logos）來證明觀點。在形式上，遵循著合乎邏輯的路徑。

1. 介紹問題。
2. 解釋您的觀點。
3. 解釋對手的觀點，並且逐一反駁他們的觀點。
4. 出示您的證據。
5. 總結您的論點。

圖爾敏（Stephen Edelston Toulmin，1922～2009）是英國哲學家、作家和教育家。受到路德維希・維根斯坦（Ludwig Wittgenstein）的影響，圖爾敏將他的作品致力於分析道德推理。在他的著作中，試圖發展用於評估道德問題背後的倫理論證。論證模型是一個包含六個用於分析論證的相互關聯組件的圖表，發表在他 1958 年的著作《論證的用途》（The Uses of Argument）中，被認為是最有影響力的作品，尤其是應用在修辭學和計算機科學領域。

圖爾敏反對絕對主義和相對主義

在著作中，圖爾敏指出絕對主義（以理論或分析論點為代表）的實用價值，有其限制。絕對主義源於柏拉圖的理想化形式邏輯，崇尚普遍真

理；因此，專制主義者相信，道德問題可以通過堅持一套標準的道德原則來解決，而不管原來的背景如何。相較之下，圖爾敏認為，許多這些所謂的標準原則與人類日常生活中遇到的真實情況，並無直接關係。

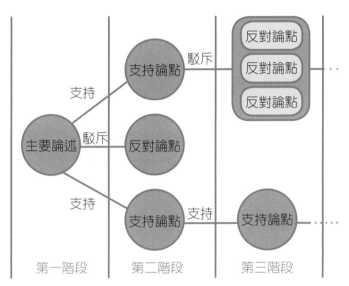

The Open University, 2019

　　為了發展他的論點，圖爾敏引入了論證域的概念。在 1958 年的著作《論證的用途》中，他聲稱論證的某些方面，因為領域而異，因此被稱為「領域依賴」（field dependence），而論證在所有領域都相同，因此被稱為「領域－不變」。圖爾敏認為，絕對主義的缺陷，在於沒有意識到論證的場域。絕對主義假設論證的所有方面，都是不變的。

　　在《人類理解》（*Human Understanding*, 1972）一書中，圖爾敏認為人類學家傾向於站在相對主義者一邊，因為他們了解到文化差異，對於理性論證的影響。換句話說，人類學家或相對主義者，過分強調論證的領域依賴的重要性，而忽視「領域－不變」。為了絕對主義和相對主義衝突的問題，提供解決方案，圖爾敏試圖強調既不是絕對主義，也不是相對主義的標準，來評估思想的價值。

圖爾敏式論證II

圖爾敏強調普遍性（哲學家追求確定性）的根源，並且批評現代科學和哲學家，忽視實際問題，而偏愛抽象的理論問題。

例如，追求絕對主義和缺乏實用性的理論論證。在他看來，是現代哲學的主要缺陷之一。同樣的，圖爾敏也感受到了科學領域道德的淡化。

為了解決這個問題，圖爾敏主張回歸人文主義，包括四個回歸：

1. 回歸口頭交流和話語，這是現代哲學家經常拒絕的。因為他們的學術重點放在印刷頁面上。
2. 回到處理日常生活中發生的實際道德問題。
3. 回歸具體的文化和歷史背景。
4. 最後，回歸及時，從永恆的問題，回到理性意義取決於我們解決方案的時間線上的事物。

他在 *Return to Reason*（2001）中，加上了這一段批評。在那裡他也試圖闡明在他看來普遍主義在社會領域造成的弊端，討論了主流倫理理論與現實之間的差異問題。

圖爾敏的實踐論證，宗旨在關注論證的證成功能，而不是理論論證的推理功能。理論論證根據一系列原則，進行推斷，以得出主張。

實踐論證首先找到您感興趣的主張，然後為其找到理由。

圖爾敏認為，推理不僅僅是一種活動。涉及發現新想法，而更多是測試和篩選現有想法的過程。

這是可以通過證明過程實現的行為。

好的論證要想成功，就需要有好的理由。

他相信，這將確保它經得起批評並獲得有利的判決。在 1958 年的著作《論證的用途》（*The Uses of Argument*, 1958）中，提出了一種布局，其中包含六個用於分析論證要件。

論證的用途
1.結論：其價值必須成立的結論。
2.事實、證據、數據：用以支持數據的主張。
3.保證：授權的主張，以彌合第一條和第二條之間的差距。
4.後盾：如果讀者認為第三條不可信，需要進行後盾的要求。
5.反駁（保留）：承認可以合法地應用於限制的聲明。

前三個要素，稱為第一組，主張結論、理由事實，以及保證，被認為是實踐論證的基本組成部分，而第二組─後盾的背後支持、限制條件，以及反駁，在某些論證中可能不一定需要，要看情況而定。

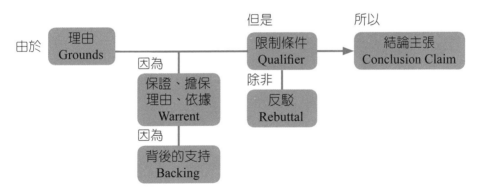

Toulmin (1958)

10
圖爾敏的折衷主義

　　圖爾敏將哲學家的追求「確定性」，追溯到勒內・笛卡爾（René Descartes，1596～1650）和托馬斯・霍布斯（Thomas Hobbes，1588～1679）。

　　他稱讚約翰・杜威（John Dewey，1859～1952）、維根斯坦（Ludwig Josef Johann Wittgenstein，1889～1951）、馬丁・海德格（Martin Heidegger，1889～1976），以及理查・羅蒂（Richard McKay Rorty，1931～2007）放棄了這一種「非黑即白」的傳統。維根斯坦認為，我們無法說出「無法說出的事物」。人類無法處理科學研究限制之外的價值問題。《邏輯哲學論》認為：「凡是無法說出的，就應該保持沉默。」認為哲學的疆界與理性的限制之外，存在著許多西方二元對立原則無法處理的繁雜經驗。

　　在《世界都市》（*Cosmopolis*, 1990）中圖爾敏說，這種論證布局，基於法律論證。宗旨在用於分析在法庭上發現的論證的合理性。

模型的批評

　　模型假設論證以事實或主張開始，以結論結束，但忽略了論證的潛在問題。例如，「薩塞克斯公爵亨利王子（Prince Henry, Duke of Sussex，1984年～）哈利出生在英國倫敦，所以哈利是英國臣民」；問題是哈利是「英國臣民」嗎？雖然 2020 年 1 月 18 日，英國王室公布薩塞克斯公爵及其夫人梅根・馬克爾退出王室核心工作，在 2020 年 4 月起開始不再使用殿下（HRH）

頭銜。2023 年 1 月 10 日，哈利出版了備受爭議的自傳《Spare》，嚴厲抨擊王室。但薩塞克斯公爵夫婦並沒有被褫奪封號，他們仍然擁有殿下（HRH）頭銜。所以，模型假設如果沒有考慮周詳，會形成一種邏輯上的時代誤謬問題。

寫論文要會論證

圖爾敏的論證模型，是一種二元對立的論述，非黑即白，是為分析論點本身而開發的，因此適用於論文寫作。由於邏輯性強，分析深度，這種方法最適合需要解開的複雜問題，也適合逐項駁斥相反的觀點。

在形式上，圖爾敏的論證模型包括六個主要領域，但您可以按照最適合您的論文的順序，自由組織內容。

請記住，您的論文主張，本身可能是對另外一種論點的反駁；因此您的整篇文章，可能會反駁另外一種論點，而不是展示您自身的論點。

在結構主義理論中，二元對立論是解釋人類基層思想、文化與語言的一種工具，具有對立矛盾的衝突觀點；相反，後結構主義者認為，二元對立只是西方思想的加工品，如果一種二元對立的理論，被視為自我矛盾，理論便會自動瓦解，並且解體。

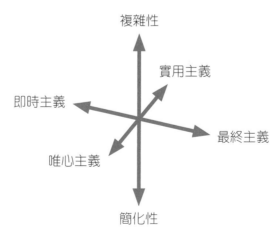

Pragmatism and Post-Modernism (2020)

論文的結構

1. 自己的觀點。

2. 證實，支持觀點的證據。

3. 採用文獻來源，支持上一步的理論。

4. 採取證據，支持來源的說法。

5. 進行反駁，反駁反對證據的理論。

6. 總結。

11
論文開始前入門整理

1. 大多數研究，都是從一種問題開始研究起。想想您對哪些主題或是理論感到興趣，以及您對哪些事件的內容感到興趣？想想您在課程中學習的主題和理論。在課堂上，您認為您所在領域的知識體系，無法充分回答哪些重要的問題？

2. 一旦您想到了一個問題，可以開始尋找與這個主題及其理論相關的資訊架構。閱讀您所能閱讀的一切資料，例如網站資料、學術研究論文、參考文獻，以及其他大眾傳播媒體上的資訊。

3. 當您針對您的主題和相關討論該主題的研究，有了充分的了解，您應該很清楚您的論文寫作的目的。當您能清楚地闡述這個目的時，您就可以寫下您的論文計畫書／論文大綱提案。學校會規定您要寫研究目的、研究意義，並且初步瀏覽這個主題理論架構的相關文獻，需要附上參考書目。接下來，您要列出研究問題和假說，以及您要將如何蒐集和分析您將要蒐集的數據。

4. 此時，碩士生需要有論文審議委員會進行初稿審查，並且舉行論文大綱審查會議。本次會議的目的，是在需要時修改您的論文計畫書，並且提出明確的教授期望。為了完成論文，博士論文計畫書也是博士候選人通過資格考試的一部分，博士生也會提論文計畫書口試，討論論文計畫書提案。

   會議結束後，學生應向論文審查委員會成員，提交一份修改計畫的備忘錄，逐條回應委員審查的意見，並且總結審查會議的內容。

寫論文前，先打強心針

韋恩·布洛克里德（Wayne Brockriede）和道格拉斯·埃寧格（Douglas Ehninger）將他的作品介紹給修辭學家之後，圖爾敏才意識到這種論證布局，可以適用於修辭學和傳播學領域。這些辯論決定了圖爾敏的術語（Their Decision by Debate）（1963），並且將他的模型，廣泛地引入了辯論領域。

直到圖爾敏發表了《推理導論》（Introduction to Reasoning）（1979）之後，他的作品中才提到了修辭應用，包含運用二元對立（binary opposition）的論述，非黑即白，邏輯性極強，希望分得清楚明白。

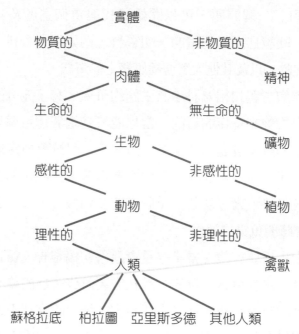

Cuthell and Preston (2008)

論述的訓練

1. 申辯（Claim）：您的論文或論點，清楚地陳述。

2. 原因：您的證據，包括數據，或是普遍接受的事實。

3. 證據（Warrant）：您的主張與理由之間的聯繫，您要明確陳述假設，以免混淆。

4. 支持：支持您的主張的額外證據。

5. 條件限制（Qualifier）：對自我主張的限制，包括讓步。

6. 反駁：針對您遭到批評的論述，提出針對性批評的反駁。

第三章

我該怎麼寫？

01
您的研究夠可靠嗎？

在西方世界，強調邏輯觀念。需要以精密科學（exact science）的說法，進行分析。因此，西方又發展了的「充分科學證據」（sound science）主張，需要可靠的一組數據、事實，或是科學性的結論研究標準，去記錄重要的研究活動。「充分科學證據」（sound science）可以被描述為有組織的調查，並且由合格人員採用建檔模式進行觀察，並且得到可以驗證的結果和結論。

如果是一種需要檢驗的假設表述、有根據的實驗或分析方法（例如：足夠的樣本量、適當的控制前實驗），適當的數據分析工具的應用（例如：統計和數學模型）；以及可以闡明針對假設的結論，並且得到結果的支持。

科學方法廣泛適用於於各種類型的調查，包括基本的重覆試驗、應用研究、理論猜想、描述性自然研究，以及技術應用，包含環境監測和文獻回顧（文獻綜述）。科學的方法，協助確保調查和觀察正確，也就是數據和結果，是得到了數據支持的可靠結論。

科學突破性發現，經常和時代的科學信仰相衝突，然而這些先端的科學家都得到了諾貝爾獎。牛津大學生物化學教授漢斯·克雷布斯（Hans Krebs）描述了一種生化細胞轉換能量的過程。紐約長島的冷泉港實驗室遺傳學家芭芭拉·麥金塔（Barbara McClintock）發現染色體上的基因可能改變。諾貝爾獎得主當時的想法，最初被同事認為過於激進。但是他們的工作經過仔細檢查，並被其他科學家複製，並且通過其他方法進行驗證，確實經得起時間的考驗。

新的哲學博士（Ph.D.）學位

英國劍橋大學在二十世紀上半葉，開始授予博士學位。經過十九世紀末 25 年來漫長的討論，1916 年研究學位委員會最終達成共識，應授予新的學位。1919 年英國劍橋大學研究生入學和學習課程修改，設立新的哲學博士（Ph.D.）學位。哲學博士規定於 1920 年批准，1921 年只有四篇論文放在大學圖書館。博士學位的第一套規定，符合我們對博士學位的理解，該學位是經過至少三年的獨立研究後，授予學位。

1920 年學位規定的第十三條，需要記錄來源，並且處理原創性問題。第十七條要求將完成的論文副本，存放在大學圖書館。博士學位吸引了來自其他機構的學生，特別是來自美國的學生。劍橋大學博士班在第一次世界大戰之後，科學主導地位非常明顯。詹姆斯·查德威克（James Chadwick）是一位因發現中子而獲得 1935 年諾貝爾獎的核物理學家，他由歐內斯特·拉塞福（Ernest Rutherford）監督，並於 1921 年獲得了首批博士學位之一。早期提交博士學位的眾多著名人物，包括考古學家西里爾·弗雷德·福克斯（Cyril Fred Fox）（1923 年）、物理學家彼得·卡皮察（Peter Kapitza）（1923 年）、物理學家保羅·狄拉克（Paul Dirac）（1926 年）、文學評論家利維斯（F. R. Leavis）（1924 年）、生物化學家李約瑟（Joseph Needham）（1924 年）和哲學家路德維希維根斯坦（Ludwig Wittgenstein）（1929 年）。希瓦·梭羅（Sylva Thurlow）是 1925 年提交科學博士學位的第一位女博士，博士論文研究《黃嘌呤氧化酶機制》。劍橋博士的歷史，其漫長的建立演變為研究生為主的研究學位，無疑是值得追求博士學位的優良學府。

莫思因講故事

踏上征途，英雄的論文寫作故事開始了！追求哲學博士（Ph.D.）學位，有待傳統和創新的英雄旅程。

02
我想看一下您的北極研究

英國劍橋大學什麼研究都有，博士論文資料建構很詳細，出版也是首屈一指。斯科特極地研究所由劍橋大學於 1920 年創立，位於倫斯菲爾德路的大樓於 1934 年啓用，耗資 23,000 英鎊。斯科特船長帶領第一支隊伍到達南極的嘗試失敗，這是大家都知道的。

但是 1910～1913 年的新大陸號（Terra Nova）探險，也是有史以來規模最大的極地研究任務，涉及 12 名科學家的生與死。斯科特選擇了 4 名同伴，陪伴他進行南極嘗試，後來在他們的屍體旁邊，發現了地質樣本和科學筆記本。

「他們的觀察是可以衡量當代變化的百年基線充分科學證據（sound science）」。極地研究所所長朱利安·道德斯韋爾（Julian Dowdeswell）告訴我，他在 2021 年卸任，是劍橋大學校友，但是博士學位在科羅拉多大學（University of Colorado）拿的。我曾經請教過道德斯韋爾所長，冰川和冰蓋的形成和流動，以及對於氣候變化的影響。他研究 2017 年 7 月觀察因爲全球氣候變遷造成拉森冰架斷裂之後的冰山生態。

我很好奇的是北極研究。

我仔細閱讀了英國劍橋大學斯科特極地研究所（Scott Polar Research Institute）教授布拉沃（Michael Bravo）在 2018 年出版過一本書，書名《北極：自然與文化反應》，解釋了西方世界對於北極的願景，以及這些願景對於從亞歷山大大帝到新印度教民族主義領袖的重要性。布拉沃從 1992 年畢業於劍橋大學，取得科學與哲學博士以來，就熱衷於說故事。這本書

的故事，就是他在劍橋大學的學長莫思因（Jack Mersin）所發生在北極的故事。

　　身為研究生，要學習解決問題、批判性思維、數據分析，以及獨立研究的能力。

　　「傑克，您卸任所長之後，您要去哪？」

　　「我想休息。」傑克·莫思因博士（Dr. Jack Mersin）說。

　　「到哪裡休息？」

　　「到臺灣。」

　　「別開我玩笑了。我一輩子在南極工作。我想到的是，您到臺灣做什麼？」

　　道德斯韋爾（Julian Dowdeswell）告訴我，他在 2021 年卸任所長，傑克也是。傑克·莫思因在 2022 年到了臺灣。全球新冠疫情 Omicron 大魔王來臨最嚴重的時刻。

　　「傑克，您要考慮珍娜的感受。」

您要在劍橋大學畢業，就是要等

　　從最早獲得劍橋大學博士學位的研究生檔案中，可以清楚地看出，大學管理部門仍然不確定學位的標準和評估程序。研究委員會保存了研究生的檔案，包括成功和不成功的檔案。包括申請文件、進度報告、財務記錄，以及審查員報告。例如，從第一篇博士論文作者查爾斯·沃爾夫（Charles Wolf）檔案中的信件來看，他的論文《乳酸的測定》（大學圖書館等級：Ph.D.1）是第一本存放在大學圖書館的博士論文。

　　很明顯的，研究委員會審查制度一直沒有落實。沃爾夫被要求提交博士論文初稿的那一刻起，至少等待將近六個月，然後才得到研究委員會的進一步通信。

03
誰是第一位？

　　我不知道我的好朋友傑克・莫思因，告訴布拉沃多少 30 年前北極的故事。

　　我只知道這些北極故事，將會代代流傳。如果您不相信。我知道莫思因喜歡說南極的故事，但是我喜歡說莫思因在北極的故事。

　　美國國家航空暨太空總署（NASA）說，1992 年是重要的一年。1991 年 12 月 25 日，為了避免蘇聯境內爆發內戰，前蘇聯領袖戈巴契夫被迫宣布辭職，蘇聯解體。

　　中國鄧小平南巡，巡視武漢、深圳、珠海、上海等地，沿路發表改革開放的重要談話，呼籲經濟改革。鄧小平說：「不堅持社會主義、不發展經濟、不改善人民生活，只能是死路一條，基本路線要管一百年，動搖不得。只有堅持這條路線，人民才會相信您、擁護您。」

　　在 1992 年初，中國大陸通過了興建長江三峽工程決議，日本天皇明仁訪問中國。到了 1992 年 10 月 12 日哥倫布發現美洲大陸 500 週年，1992 世界博覽會（The Universal Exposition Seville 92）主題為「發現的時代」。

劍橋大學斯科特極地研究所（Scott Polar Research Institute）

　　成立於 1920 年，研究涵蓋自然科學和社會科學，擁有世界上首屈一指的極地圖書館、大量關於極地探索歷史檔案、攝影和物品收藏，以及展示北極和南極及其周圍海域的極地博物館。斯科特極地研究所研究包括了格陵蘭冰蓋上融水湖的形成、冰川的形成和流動、阿拉斯加永久凍土融化的水文影響，以及歐亞北極地區的植被變化。

那是最好的時代，那是最壞的時代

1992 年聯合國環境與發展會議（UNCED，又稱爲地球高峰會），在 1992 年 6 月 3 日至 14 日在巴西里約熱內盧舉行。發表里約宣言，包括二十七條原則，指導今後世界各地的永續發展。在里約宣言第十二條原則中，強調：「全球性環境問題，應該盡可能達成國際共識的基礎。」

聯合國氣候變化框架公約（UNFCCC）制定了一項國際環境條約，以打擊「人類對氣候系統的危險干擾」，部分是通過穩定大氣中的溫室氣體濃度，由 154 個國家在聯合國環境與發展會議上簽署，並且在 1994 年 3 月 21 日設立在德國波昂（Bonn）的祕書處。聯合國氣候變化框架公約希望通過科學研究和定期會議、談判和未來的政策協議，讓生態系統能夠自然地適應氣候變化，確保糧食生產不受威脅，並且讓經濟發展能夠以永續的方式進行。

狄更斯小說《雙城記》開頭寫了：「那是最好的時代，那是最壞的時代；那是智慧的時代，那是愚蠢的時代；那是信任的時代，那是懷疑的時代；那是光明的季節，那是黑暗的季節。」我就從 1912 年來說吧。

為什麼您還沒有回來？

　　1912 年 1 月，德國地質學家韋格納（Alfred Lothar Wegener，1880～1930）在德國法蘭克福舉行的地質研討會，首次提出大陸漂移的觀點，受到了學術界的嘲笑。韋格納在 1908 年在德意志馬爾堡大學擔任氣象學講師，他注意到非洲大陸西岸和南美洲東岸的海岸線很相似，因此推測大陸原本是相連的。

　　他為了主張大陸漂移學說，但是始終沒有引起學界的注意，因此他非常沮喪。

　　為了要尋找更多證據支持，韋格納在 1906 年首次參加格陵蘭島探險，後來又前往格陵蘭，進行北極上層大氣及冰河學的研究。1926 年 11 月，韋格納在紐約市美國石油地質學家協會研討會又提出了大陸漂移理論，科學家又再度嘲笑他。

　　韋格納曾在北緯 77 度的冰上，連續渡過兩個冬天。1930 年 11 月 1 日，他在第四次前往格陵蘭的探險中，因為太過勞累而死於心臟病發，後來被人發現死在冰原之上。

您怎麼證實盤古大陸？

　　英國皇家地理學會的主席，也就是提出進化論的查爾斯・達爾文（Charles Darwin，1809～1882）的兒子倫納德・達爾文（Leonard Darwin）在演講中說：「他們有著破釜沉舟的決心，要麼光榮凱旋，要麼客死他鄉，正是這種精神指引他們踏上南極大陸。」

　　他又說：「斯科特隊長將再次證明，這個國家的鐵血男兒氣概，是不滅的……」；「整個國家的自尊，無疑被這樣一次歷險強化了。」

韋格納（Alfred Wegener，1880-1930）1912 年 1 月提出大陸漂移的概念。

斯科特死時，還帶著 16 公斤的舌羊齒（Glossopteris）葉子碎片，這是一種早已滅絕且非常古老的植物，在地球上已存在 2 億 5 千萬年。

舌羊齒表示南極洲曾與南半球大陸相連。極地研究所是 1930 年代北極和南極科學考察的基地，在第二次世界大戰期間是英國從事研究酷寒戰爭的中心。

不要小看我們的研究所。

舌羊齒

布賴恩·羅伯茨（Brian Roberts, 1912-1978）教授在 1959 年參加華盛頓會議，12 個國家在該會議上簽署《南極條約》。根據這個條約，南極大陸只能用於和平目的。

誰是布賴恩·羅伯茨？

羅伯茨研究企鵝繁殖行為，因此拿到了劍橋博士學位。

05
科學在於不斷的證明

　　斯科特於 1912 年 1 月到達南極，希望從南極帶回舌羊齒的化石，證實達爾文的演化論。但是陰錯陽差，斯科特想要從南極帶回來的證據，卻可以說明了韋格納（Alfred Wegener）1912 年 1 月提出大陸漂移的概念。

　　就在二十世紀初，邏輯實證主義者，發展出的證實主義理論，認為可以證實性，是區分科學與形上學的標準。

　　他們認為，一個陳述只有在經驗中得到證實，才是有意義的，才是科學的。

　　劃界問題（demarcation problem），也就是如何將科學與偽科學區分開來的問題。

　　根據波普爾（Karl Popper，1902～1994）在 1957 年第一次開始思考這個問題的回憶。自 1919 年秋季以來，就一直存在。在波普爾看來，分界問題與科學哲學中最棘手的問題之一，也就是波普爾最著名的理論，在於對經典的觀測－歸納法的批判，提出「從實驗中證偽的」的評判標準：區別「科學的」與「非科學的」。

說明我找那麼多理由，我是錯的吧！

　　在政治上，波普爾（Karl Popper）擁護民主和自由主義，提出一系列社會批判法則，為「開放社會」奠定理論根基。特別是休謨的論點，即歸納不能通過訴諸事實在邏輯上證明有效，因為這本身就是一個歸納論證，可能使哲學家陷入惡性循環論證的深淵。波普爾以證偽作為區分科學與偽科學的標

準，認為他一舉解決了劃界和歸納問題。根據波普爾的說法，不僅科學假設必須是可證偽的（而偽科學假設則不是），而且由於證偽是一種方式的應用，因此是一種演繹思維，我們可以擺脫歸納作為科學推理的基礎。

1960年代，全球變冷了嗎？

我出生於全世界氣溫普遍變冷的年代。這一本書談到了論文，我先從論文的戰爭談起。

波普爾說，科學理論和人類所掌握到的一切知識，都不過是推測和假想，人在解決問題的過程中不可避免地摻入了想像力和創造性，好讓問題能在一定的歷史、文化框架中得到解答。

全球變冷是一種「猜想」（conjecture），尤其是在 1960～1970 年代，由於大氣中因為空氣污染的氣溶膠，產生的冷卻效應，讓當時的人們以為地球即將變冷，並且最終導致地球進入到小冰期。所以，1970 年代當時美國的媒體新聞報導，紛紛推測地球將持續降溫。但是，這些是不是論文引起的硝煙戰嗎？還是媒體危言聳聽？媒體引用了科學家的猜測，但是沒有準確反映當時的科學文獻，也就是期刊論文。

因為期刊論文通常更加關注溫室效應引起的全球暖化。

到 1970 年代，科學家們越來越意識到自從 1945 年以來，全球氣溫的估計值。這些估計值顯示出降溫的可能性，或是由於溫室氣體排放，導致全球暖化的可能性。1970 年代預測二十一世紀氣候趨勢的科學論文中，只有不到 10% 的期刊論文，傾向於未來變冷；90% 的期刊論文，則預測了未來的暖化趨勢。

06
我與實證的距離

論文中很重要的劃界問題（demarcation problem），討論了科學哲學中的重要問題，例如說，研究如何區分科學與非科學（包括偽科學、形上學以及文學、藝術、信仰等其他非科學）的劃界標準。

哲學家波普爾認為這是科學哲學的核心問題。

如果您生存在 1970 年代，您認為氣候變遷是一種想像嗎？

1970 年代研究生非常激烈地辯論問題。

波普爾則提出了與可證實性相對的可證偽性，認為是否可以被經驗證偽，才是判斷科學與否的標準。

此外，波普爾認為這是一個劃界（demarcation）標準，而不是邏輯實證主義中的意義標準。波普爾強調，經驗科學應該服從一種證偽主義。

證偽主義至少存在兩個優點。第一，科學理論的表達為全然判斷；但是經驗的對象是個別的。所以，經驗如果用來證實理論，那麼將無法窮盡說清楚一般性的理論的。比如，再多的白天鵝，也不能證明所有的天鵝都是白的，而只要一隻黑天鵝，就能證明所有的天鵝都是白的理論是錯誤的。

所以，經驗的真正意義，在於可以證偽科學理論。

第二，證偽主義可以避免對於錯誤理論的辯護。如果堅持實證主義，那麼一旦出現與理論相悖的經驗，人們便會做出特例假設，或是特殊的限制，以使得理論能滿足經驗。

但實際上這樣的設定往往是極不科學的。

氣候變遷要劃界（demarcation）嗎？

過去一般大眾，對於二氧化碳對氣候的影響知之甚少。

但是我查閱歷史資料，在 1959 年 5 月美國出版的《科學新聞》預測，從 1850 年到 2000 年的 150 年間，大氣中的二氧化碳將增加 25%，隨之而來的是變暖趨勢。

生物學家埃利希（Paul R. Ehrlich，1932～）在 1968 年，提到溫室氣體導致的全球暖化，是對氣溶膠冷卻效應的一種反作用力。到了 1970 年代中期，當全球變冷的想法，出現在大眾媒體上時，氣溫已經停止下降。氣候學界開始擔心二氧化碳的暖化效應。針對這一類的報導，世界氣象組織於 1976 年 6 月發出警告，聲稱全球氣候可能出現非常顯著的變暖情形。

您的證偽主義，很不受歡迎！

證偽主義，使科學家相信，所有的科學都只是一種猜測和假說，不會被最終證實，但卻會隨時被證偽。

因此，證偽主義採用試錯法。這是指科學家應該大膽地提出假說和猜測，然後去尋找和這一假說不符合的事例。

根據事例對假說進行修正，不斷重複這一過程，將最初的假說全盤否定。試錯法對理論的修改，是沒有止境的。

試錯法的結果，只能是採取一種比較好的假說，但不是最好的假說。最好的假說，是終極真理的代名詞，和科學精神相悖。

波普爾用這樣一個模式來描述科學知識的積累。

第一次初遇

學校不會教您論文的格式

我將寫作視爲一種服務，一種幫助學生和社會大眾理解當今世界的方式。

我更願意將我寫的科普書，而不是我發現的任何現象，當作是我最重要的社會貢獻和資產。

很多學校，包括在美國的長春藤學校，不會教您論文的寫作，尤其是技術問題論文（Technical Issue Paper, TIP）的格式。

科學是用於規定公共政策，提供實際建議判斷技術研究結果給政府。

科學研究結果，不能當做是絕對眞理。因此，改進分析判斷的工具，需要修改，甚至拋棄舊有的模型和信念。

地球不是宇宙的中心，您也不是

哥白尼的結論，震驚了中世紀的世界，地球不是宇宙的中心。天文學和物理學中的新觀察和發現，改變科學家對於宇宙起源和結構的看法。其他科學，也是如此。有鑑於嶄新的理解方式，取代舊有信念。您是否眞的知道研究是否代表了科學的有效性？在沒有達成共識的情況之下，仍然可以通過以下問題，來評估您的研究的優點：

1. 是否採用一致的科學方法？
2. 是否採用了記錄在案的方法？
3. 調查人員是否合格？

您的論文，不一定是您一個人的調查。因此，由合格人員進行，是指研究人員通過正式培訓或在職經驗，獲得了必要的專業知識，可以採用描述性和分析性工具，進行設計可以排除錯誤的研究假說，並可以準確地傳達研究

結果。合格人員並不一定意味著在學術或專業的證書。但是，當今高度專業化領域的碩博士，都受到合格研究人員的研究生培訓。

在論文寫作之前，請採用精密科學

精密科學（exact science），或稱精確科學，是指有精準量化表示或準確預測的科學領域。

精密科學會有測試假說的嚴謹方法，尤其是利用可重覆性的實驗

其中，運用可以量化的預測及測量。依據這個定義來看，物理及化學是精密科學，系統生物學（尤其是理論系統生物學及數學系統生物學）因為大量使用數學的圖論、邏輯、統計，以及微分方程式，也屬於精密科學。

因此，上述學科和其他學科（例如人文學科）具有不同的分類。

研究生不用舉手，任何時候都可以提問

劍橋大學每學期只有 8 周時間，一學年有三個學期。

第一學期從 10 月初到 12 月初，接著過聖誕假期。第二學期從 1 月中旬到 3 月中旬。第三學期從 4 月中旬到 6 月中旬，主要是在圖書館唸書，以及考期末考試，之後就是 3 個多月的暑假。

劍橋大學碩士研究生入學的過程，需要先取得學士學位，且總平均分要達到前百分之 85%～95%。有的學院入學要求，要獲得英國學士學位。其實，即使達到了學院最低學術要求，也需要英語熟練程度、相關經驗、監督人介紹，以及學科內容的符合性。

在劍橋大學，學生入學之後，需要具備獨立思考和研究的能力。

在課堂演講之中，學生被鼓勵要提出問題，也需要思考解決問題的能力，以回應教授提出的任何開放式問題。

研究生不用舉手，不用起立，任何時候都可以提問，打斷教授的談話，發表自己的見解。只要是能夠參與，都需要給予肯定。

08
什麼是學位論文計畫書的架構？

　　愛因斯坦曾經說過，如果您無法把您的想法向一個六歲的小孩子解釋，那麼很可能自己也不能理解自己的想法。在研究中，我們要學習，過去的知識如何才能幫助我們思考未來？我們想要一個怎麼樣的世界？論文計畫書是一種對於未來的想像，您必須會說，就是要「吹牛」。但是，這是一種可行性的「吹牛」。注意，不要「吹破牛皮」。一般來說，論文計畫書大概只需要寫 30 頁。

第一章　緒論

1. 運用一頁到兩頁對於博碩士論文主題和方法，進行廣泛介紹。

2. 進行研究問題的探討，廣泛地以問題形式進行陳述。提出問題，並且仔細解釋。在研究的意義上，通常提出問題，是在擴展文獻中可以檢視的知識體系。

3. 如果在前述的研究中，確實有研究的需要，需要討論這個研究的應用和科學貢獻。

4. 名義定義，需要定義論文中的術語。

5. 在上下文中，需要添加更多的資訊，以澄清研究的問題。

第二章　文獻回顧

1. 概述本理論的基礎。

2. 依據文獻的想法，對於文獻進行梳理和分類。對於原有學界的想法，進行討論。

3. 對於現在有的模型，或是研究歷史的過程進行回顧性評論。

4. 對於原有的理論成文本研究的假設。這個假設廣義上定義的術語，稱為命題。對於每一項假設，給予簡短的文獻回顧，並且和想要討論的內容，進行相關的理由描述，此外，需要進行解釋推導並且定義，包括本論文的假設，需要明確陳述實質性的對立假設，以利過程中的解釋。

5. 對於研究範圍的理論假設，並且討論研究的限制。

什麼是學位論文計畫書的架構？

　　學位論文需要簡單而直接地陳述。但是要避免讓您的論文成為一個空洞的聲明。此外，敘事策略需要確定主題切中時弊；在描述歷史現象，需要活用歷史，並且將過去發生的事件和現在聯繫起來，就好像正在發生一樣。以下是你的研究方法和分析的寫法。

第三章　研究方法。

1. 研究方法介紹，進行研究方法和研究設計的描述。

2. 研究設計，包含實驗、準實驗、調查等方法詳細說明。

3. 研究樣本，包含研究母體、樣本設計、容許誤差、機率等內容。

4. 測量，包含操作型定義，並且對於評估方法有效性和可靠性的方法。

5. 分析，包括採用的技術和理由，說明預期關係的性質，例如：不對稱、對稱；線性、其他曲線；必要條件、充分條件、必要且充分條件。包括統計的工作示範。

6. 有效性設計：包含信度和效度。

7. 方法論假設。討論可能的研究限制。

第四章　預期成果

附錄

8. 時間表：以甘特圖形式。

9. 協助設施，包含教職員工的專業知識、圖書館、電腦資源。需要其他特殊設備，可以有助於研究的成功。

10. 預算。

11. 書目論文：搜索的來源（索引、摘要、參考書目等）。

12. 參考書目，包含論文大綱中引用的作品，以及其他相關文件。

你看起來身體還可以。

我是馬拉松跑者。

我也練過攀岩。

您沒去過北極，所以不知道風暴的厲害。融雪後，我可以看到被凍住的植物化石。

我曾在阿克塞爾·海伯格島上工作，即流冰區考古。這些是因為全球暖化造成大塊的冰和雪。

有。謝謝！

您說您有論文計畫書了？我看看。

09
什麼是學位論文目次的架構？

目次需要列出所有帶有頁碼的標題和副標題，副標題退後二格。

中文摘要

頁 #

圖目錄列表

表目錄列表

第一章　緒論

　　小標題……？

第二章　文獻回顧

　　小標題……？

第三章　研究方法

　　小標題……？

第四章　研究結果與討論

　　小標題……？

第五章　結論與建議

建議

致謝

參考

附錄

圖表清單

該列表應包括每個圖的簡短標題，但不包括整個標題。

表列表

該列表應包括每個表格的簡短標題，而不是整個標題。

學位論文要講什麼？

1. 論文結構

   當您撰寫您的論文稿件時，首先要考慮的是章節的順序，這和您之前寫的論文計畫書清單上的順序，已經大不相同了。

2. 一篇論文以標題、摘要，以及關鍵字開始。

3. 摘要：您做了什麼？您為什麼要那麼做？

4. 方法：您是怎麼做到的？

5. 結果：您發現了什麼？

6. 討論：這些結果，意味著什麼？

7. 正文之後是結論、致謝、參考文獻，以及支持材料。

學位論文目次舉例

目次

如果沒有以上的明確的目的和強大的理論基礎，學位論文從一開始就會存在根本性的缺陷。

10
如何開始寫了？

1. 準備：這個階段是收集進入您論文的所有證據，以及寫一個論文計畫大綱。因為證據是議論文的關鍵，所以要留出充足的時間進行研究，直到獲得所需的所有支持。這也是概述您的文章，回答諸如何時，以及如何討論對立觀點之類的問題的好時機。

2. 草稿：寫一篇文章的草稿。它有助於盡早包含任何數據和直接引用，特別是對於經常引用外部來源的議論文。

3. 修改：潤色草稿，優化選詞，並在必要時重組您的論點。確保您的語言清晰，並且適合所有潛在的讀者，包含您在學術上的敵人，並且仔細檢查您是否有效地提出了所有觀點和反駁。

4. 校對：通讀您的草稿並專注於修正錯誤。

論文計畫大綱

　　研究論文計畫的標準範例，包含了研究主題分析、研究動機與目的、文獻探討、研究方法與設計、預期成果與貢獻等內容。研究計畫需要依據 5W1H 進行交代。5W1H 指的是人（who）、事（what）、時（when）、地（where）、原因（why），以及方法（how）。在操作的步驟是準備研究計畫時，找出是否這個計畫都已經回答 5W1H 的資訊？

　　先做一個碩士論文的封面：

國立臺灣師範大學環境教育研究所

碩士學位論文

以五大人格特質與環境行為意向之路徑分析探討接受正規環境教育研究
訓練者人格特質與一般大眾之差異

A path analysis to explore the variation between the general public and

the formal environmental-education trainees in their personality and

environmental behavior intentions from the Big Five Personality Traits

研究生：江懿德

指導教授：方偉達　博士

中華民國一〇四年七月

臺北市

11

如何寫學位論文的摘要？

好的摘要，要在一行中，解釋了為什麼這一本論文很重要。一篇摘要需要將主要結果的總結，最好用帶有錯誤限制的數字來表示。最後的句子解釋了您工作的主要涵義。一個好的摘要是簡潔的、可以閱讀的，或是列出定量的計算結果。

摘要的長度應該是 1-2 段，大約 400 到 500 字。

摘要一般來說，不需要加上引文。

標題中的資訊不應該重複。

摘要要撰寫得明確一點。

在適當的地方，需要使用數字。

下列這些問題的答案，應該要在摘要中找到：

1. 您做了什麼？

2. 您為什麼要那麼做？您想回答什麼問題？

3. 您是怎麼做到的？您採用的方法要列出來。

4. 您學到了什麼？請陳述主要成果。

5. 為什麼這有一層關係？指出至少一項重要的涵義。

摘要

正規環境教育教學及研究體系在臺灣推行至今逾 20 年，成效為人稱道，然而，在國人環境知識、態度和行為等環境素養改變的幕後推手，我

們卻無法精準確認及了解其擁有之環境價值觀，以及抱持環境關懷之人格特質。在人類社會中，人們採用慣性思考觀念與價值型塑，藉以解決環境問題。當舊有環境問題逐一解決之後，但是新的環境問題依舊層出不窮。因此，應在環境教育領域進行探究，以建立更為深入的環境保護價值觀，以及對於環境友善行為之責任感。為建構臺灣正規環境教育研究系統中之環境心理與行動模式，本研究藉由負責任的環境行為模型（Model of Responsible Environmental Behavior, REB），結合五大人格特質理論（Big Five personality traits），探討接受正規環境教育研究訓練者，與一般大眾在人格特質與態度、控制觀、個人責任感與行為之間的差異。研究結果顯示接受正規環境教育研究訓練者在親和力（Agreeableness）、情緒穩定性（Emotional stability）與開放性（Openness to experience）上顯著高於一般大眾；而在審慎度（Conscientiousness）上顯著低於一般大眾，這呼應了當前環境教育可能面臨到的問題。而研究並透過五大人格特質經由態度、控制觀、個人責任感產生行為意向的假設，以路徑分析驗證了 18 條間接或直接影響行為意向之路徑；並發現兩族群之人格特質影響行為意向之路徑並不相同，可能顯示態度與開放性不是最終對行為意向產生影響的條件；並人格特質可能藉由控制觀對行為意象產生影響；而個人責任感受到外向性與親和力的影響。並結論提出建議，以建立環境教育研究訓練系統及環境教育領域針對不同人格特質的教育方式，以及提出改善教學及研究之切入點及有效途徑。

關鍵字：正規環境教育研究系統、REB 行為模型、五大人格特質理論。

您的論文，要切中理論體系

摘　要

　　正規環境教育教學及研究體系在臺灣推行至今逾 20 年，成效為人稱道，然而，在國人環境知識、態度和行為等環境素養改變的幕後推

手，我們卻無法精準確認及了解其擁有之環境價值觀，以及抱持環境關懷之人格特質。在人類社會中，人們採用慣性思考觀念與價值型塑，藉以解決環境問題。當舊有環境問題逐一解決之後，但是新的環境問題依舊層出不窮。因此，應在環境教育領域進行探究，以建立更為深入的環境保護價值觀，以及對於環境友善行為之責任感。

在摘要第一段中，要明確說明研究的目的是什麼，並且解釋學位論文研究的意義。這應該要通過討論，您的研究如何增加專業領域的理論知識體系，以及您的研究，對於相同領域的專業學者的實際意義。博士學生還需要必須解釋博士論文研究，如何對於專業學科的知識特色，並且應該強調博士論文研究，對於大眾傳播和教育的重要性。

在審慎度（Conscientiousness）上顯著低於一般大眾，這呼應了當前環境教育可能面臨到的問題。而研究並透過五大人格特質經由態度、控制觀、個人責任感產生行為意向的假設，以路徑分析驗證了 18 條間接或直接影響行為意向之路徑；並發現兩族群之人格特質影響行為意向之路徑並不相同。

摘要是論文的元素，可以說服讀者為什麼您的論文值得閱讀。摘要就像一篇微型文章，清楚地闡述了研究目標，並且簡要解釋了您所有的主要發現。

12

如何寫學位論文的緒論？

緒論

　　除非您知道論文的正文內容，否則您無法寫出好的緒論。考慮您要在完成論文的其餘部分之後，才開始寫好緒論，而不是在論文還沒有寫完之前，就開始寫緒論了。緒論是介紹論文的開頭，需要針對論文進行有趣的陳述介紹，以激勵您的讀者閱讀論文的其餘部分。在緒論之中，列出論文尚待需要解決的問題，以吸引讀者想要閱讀論文的其餘部分。

　　在緒論中，應該引用該領域前人的研究，並且應該說明目前這些研究的進度，並且解釋為什麼需要更多的研究工作。

　　論文中緒論部分，還有哪些內容？

　　在論文第一章的緒論，需要交代研究背景與動機、研究目的、研究問題、名詞界定，以及研究限制。

緒論的內容

1. 研究背景與動機為什麼要進行研究，或者為什麼要寫這篇論文。不要重複摘要。
2. 研究目的論文目標的陳述：這是列出足夠的背景資訊，使讀者能夠理解您試圖解決的問題的背景和意義。需要對您正在建構的前人研究，進行正確的認可。將足夠的參考資料列出，使讀者可以通過文獻論述，對問題的論述意義，進行深入的理解。
3. 研究問題所有引用論文的工作，都應該與論文的目標直接相關。但是，這不是一個總結您曾經讀過的論文主題內容的地方，而是列出要解決的論文問題。
4. 名詞界定請列出專有名詞。
5. 研究限制 需要列出研究限制。第一章撰寫的研究限制，需要著重於論文展現的問題，需要進行解釋您的論文寫作範圍和內容。

13
如何寫學位論文的文獻回顧？

　　學術論文強調原創性，需要進行研究工作的總結。但是，當然也可以是對前人研究的文獻回顧進行評論，稱為文獻回顧或是文獻綜述（Review）。在研究中的目的，應該提出理論架構，以便在本章中進一步解釋。因此，文獻綜述應該要描述和分析了前人對於這個主題的研究。

　　然而，本章不應該只將其他研究人員的發現進行文獻蒐集。而是您應該需要討論和分析知識體系，最終的目標，是要確定什麼是已經知道的結果，什麼是未知的結果。由文獻回顧產生的研究方法，將要決定導致您的研究問題和研究假設。當然，您可能會確定需要複製前人的研究。例如，以 APA 形式結果進行說明，會有特殊的規則。

APA形式

　　APA 格式是一種研究論文撰寫格式，特別是針對社會科學領域的研究，規範學術文獻的引用和參考文獻的撰寫方法，以及對於表格、圖表、註腳，以及附錄的編排方式。APA 格式指的是美國心理學會出版的《美國心理協會刊物準則》，目前已出版至第七版。

我不是你的英文老師。

教授，您會幫我修改嗎？

我希望你每次寫完後先請人修改，研究一下你寫作時出現的那些小問題。

好的。

在每星期第四天重寫你最近完成的章節。最後才將論文章節交給審查委員。

我很抱歉！你是我第一位指導的東方學生。你很努力我知道，但是你要加強英文表達能力。

你要通過獎勵自己，改善你的發表能力。你聽得懂我說的分割、安排、獎勵嗎？

你寫好後，我會一次讀完。你會讀一遍你的草稿嗎？你要寫什麼？

我不會一章一章讀。

教授，您希望我怎麼處理我的論文？

每天寫作時要對自己好一點。多讀、多聽、多想。

14

學位論文的研究方法

在碩博士論文寫作時，需要採用成文方法（Documented methods），可以讓其他研究人員或是博碩士生，能夠採用相同的技術或是替代方法，以重現研究的結果，並且檢查可能發生的錯誤。本章描述並且證明所使用的數據蒐集方法。本章還概述了您如何分析了您的數據。

首先，您應該描述您選擇的方法，以及爲什麼採用這一種方法，算是在論文中最合適的方式。當你選擇這一種研究方法時，您應該引用這個方法的參考文獻。

接下來，請詳細說明數據蒐集的方法，並且分析過程的每個步驟。雖然本章因爲在選擇的方法和分析技術之上，通常需要涉及以下的步驟。

研究方法的要素

1. 研究設計說明

   說明內部效度、外部效度。

2. 總體描述所用樣本類型，或是進行方法的描述和理由說明

   選擇觀察的單位。

3. 開發觀察工具或方法（例如問題說明、內容分析）

   進行預試

   進行測試

   進行儀器或方法的信度和效度的檢驗。

4. 進行觀察的工具或方法的管理（例如，進行訪談、觀察、內容分析）

5. 數據編碼

6. 數據分析說明

進行統計分析和測試

有時候，教授是不喜歡你的研究方法

在研究中，因為方法學的錯誤，可能導致計算不準確，並且檢測出無法解釋的影響。例如說，在你研究之中，因為受污染的玻璃器皿、不純的試劑，導致測量誤差；或是您在問卷調查觀察中的系統偏差。例如說，測試人群中的性別沒有對等，產生系統中的差異。

因此，需要寫清楚您的研究方法，對於驗證數據、提供科學同行的深入審查，對於完成一本碩博士論文，非常重要。

因此，方法學的部分，應該要回答以下問題：

可不可以能否準確地複製研究。例如，用於蒐集數據的任何儀器上的所有可選擇的參數，是否可以校量和調整？

其他研究人員，能否能夠準確地利用這一種方法，重新採樣，獲得相同的結果？

此外，是否提供了儀器使用的足夠資訊，以便可以採用等效的儀器，重複進行實驗？

如果數據屬於公共領域，另一位研究人員是否可以接觸到相同的數據？

可以複製使用實驗室的分析嗎？

可以複製任何統計分析嗎？

另外一位研究人員，是否可以使用，並且複製任何電腦軟體的關鍵算法？

您在論文中的引用文獻，如果僅限於數據來源和參考資料，請說明是在哪裡可以找到更完整的程序說明。

研究方法要能複製

讓讀者能夠評估結果可信度的資訊。

其他研究人員可以複製您的實驗所需的資訊。

描述您的材料、程序、理論。

計算、技術、程序、設備，以及校準圖。

限制、假設，以及有效性範圍。

對您的分析方法的描述，包括列出專業統計軟體的引用資訊。

第四章

大學應知道

01
您的論證在哪裡？

許多指導教授，希望研究生——特別是博士生——已經具備一定程度的自主能力，想出自己論文的論點。論文的論點，是任何一本學位論文的基礎。如果您的論文薄弱，或是漏洞百出，即使是完美的論文結構，也救不了您。

為了保持科學作為決策支持工具的可信度，您應該清楚地傳達您所考慮的技術資訊主體、根據您的決定所解釋資訊的方式，以及其他可能已經考慮的因素。請將科學發現，應用於特定問題上面撰寫您的學位論文。

您有責任需要確保所有數據的準確性、相關性，以及完整性。

我認為，科學證據很少是絕對的。

但是，更多的時候，是基於當時可以採用的證據。

在論文之中，不要採用「總是」、「僅僅」，或是「從不」之類的形容詞。

請採用統計量或觀察值的信度測量，可以協助讀者衡量結果的可靠性或顯著性。

論文本身，應該是您希望讀者留下的重要論著。因此，您想說服讀者什麼，或者您想讓讀者在閱讀之後，記住什麼？

對於初學者，請選擇一個您非常感興趣的主題，如果您的指導教授還沒有分配你一個題目。如果您的論點是具體的，會對您完成論文有所幫助。

如果，您的論文論點太過廣泛，或是太籠統，這可能會導致您需要完成一篇太過於冗長的論文。

因此，請考慮您的讀者。請開始撰寫一本有足夠證據的論文。

「真實」，是什麼意思？

如果所有真實的事物都構成「現實」；那麼，什麼是「現實」？

「真實」是什麼意思？

請問，有「現實」嗎？我們怎麼會知道呢？這是形而上學的東西。當有人死了，倖存者想要知道靈魂是否真實時，開始思考什麼是「真實」時，就會進入形而上學的思考。

在博碩士論文中，不要過於和指導教授爭辯「事實」。

請用論證圖（argument map）討論。

論證圖，通常包括論證的關鍵部分，傳統上稱為結論和前提，也稱為爭論的理由。論證圖包含了共同前提、反對、反駁，以及引用理論。

我常用論證圖上課，運用於我的批判性思惟。

研究目的，是希望揭露論證的邏輯結構，了解還沒有陳述的假設，評估論證為結論的前提，並且理解最後辯論的結果。

因為博碩士論文，都沒有經過同行匿名評審，所以這些結果，同樣更難加以評估。此外，當研究結果無法複製，或在博碩士論文寫作的過程之中，發現結論有問題時，研究者必須撤回他們的發現。

然而，一本博碩士論文，在國家圖書館要放 300 年。

有爭議性的論文，都不一定可以隨時逆轉對方的看法。因此，在網路社會，學者遭受網路匿名者的聲討和霸凌，遭受到長期學界的誤解，這都會導致一位卓越學者的聲譽嚴重受損；同時，也會影響到一位學者在學術上的研究生命。

所以，不可不慎。因此，一般來說，論文需要引證出可以驗證的結果和結論，是指您經過統計分析所產生的結論，可以得到實驗的直接支持，並且可以由其他實驗室或觀察環境中的其他研究者（Conducted by qualified personnel），採用相同或其他方法獨立驗證。

回到了北極

02

見山還是山？

我在 2017 年出版的《期刊論文寫作與發表》一書上說：

針對於剛進研究殿堂的研究所碩士班一年級的新生來說，在剛開學的第一個階段是處於「見山是山，見水是水」的階段，發覺「處處是題目，處處是問題」。

特別是上每門課剛開始的階段，授課教授所教的專業課程，似乎都可以形成研究中的題目。

但是到了第二個階段，發現「見山不是山，見水不是水」，也就是要開始撰寫碩士論文研究大綱的時候，發現在 Google 學術搜尋（Google Scholar）中，有一大堆相關期刊等待蒐尋，根本不知道從何下手。

讀完一篇文章，你就已經被說服了，完全不知道該從哪裡下手。等到唸了博士班，考過資格考，成為博士候選人，準備要撰寫期刊論文的時候，發現到了「見山又是山，見水又是水」的時刻。

因為已經讀過專業期刊文獻，對於基本的期刊理論已經能夠掌握，基本上在研究方法已經有了一定程度了解，開始對於期刊論文的撰寫，也有了一點「似曾相識」（déjà vu）和「相濡以沫」的熟悉感覺。

採用「概念」來思考研究的理論

論證性論文，來自可靠來源的事實證據，不要浪費時間搜索不存在的數據。如果您找不到足夠的事實，來支持您的論文的論點，也許您一開始就不應該和指導教授爭論您的論點。

請讓研究結果會脫離現實社會中繁複、混亂和沒有邏輯的現象，從而依據研究結果進行整理，讓最後的研究發現，產生理論性的邏輯論述。

可行的研究取徑

請針對目前最熱門的 11 大學科：農業、植物學和動物學；生態與環境科學；地球科學；臨床醫學；生物科學；化學與材料科學；物理學；天文學與天文物理學；數學；資訊科學；經濟學、心理學及其他社會科學，是否您可以提出可行的研究取徑？

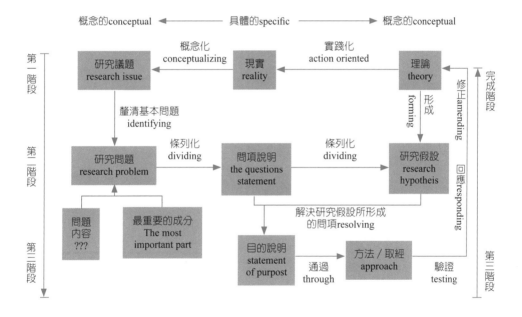

03
擬訂論文的「八股文」架構

第一章	前言
第二章	文獻探討
第三章	研究材料與方法的選定、資料分析
第四章	結果與討論
第五章	結論

　　以上這個架構，是您撰寫碩士論文或是博士論文，需要鉅細靡遺的歸類，並且需要進行架構上的論述。

　　也就是說，要開始進行論文前三章的鋪陳，這些都是有邏輯性的，我們簡稱爲西方期刊論文的「八股文」作法。

　　這種八股文的作法，可以稱爲「五段式論法」。

　　也就是第一章開門見山談概念，接著從第二章文獻中，更深入談到這個研究目前的狀況；再來以實證方法，討論我們的研究和前人研究的關係，以及這個研究，在學術上的環節和地位，是否可以解釋現存理論的不足，第三章進行研究材料與方法的選定，第四章在資料分析之後，進行結果討論，並且進行第五章的結論。

　　所以，從架構的擬定上來說，是需要進行強化自身的研究規劃、研究思惟、研究邏輯，以及研究策略的架構擬定。

請列出您的研究期間

　　在研究計畫中，也需要列入期程表和經費明細表。研究計畫的好壞，直接影響到是否獲得出資者的經費補助，所以好好撰寫一篇真正代表自己的研究計畫，將可讓出資者更加了解未來研究的規劃。

什麼是博碩士論文的流程

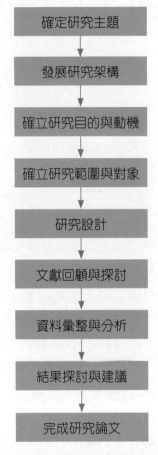

確定研究主題

發展研究架構

確立研究目的與動機

確立研究範圍與對象

研究設計

文獻回顧與探討

資料彙整與分析

結果探討與建議

完成研究論文

博碩士論文研究的流程

如果您擬了研究計畫！

　　接下來需要進行下列分析，包含了現況如何，為什麼現況如此？是否能否改善？讓研究做得更好，以及如何改善現況呢？

　　在研究計畫中，通常需要列出額外的事項，例如學校單位研究倫理審查委員會（Institutional Review Board, IRB）的同意核准，進行人體實驗、動物實驗或是人類學的研究實驗。

04

如何寫學位論文的量化「結果」？

讓數據自己說話

一旦您完成了數據的蒐集和分析，您就可以開始寫結果了。這是您在博碩士論文報告研究，主要發現的陳述之處。

所有相關結果，都應該依據邏輯順序簡明、客觀地報告。您可以使用表格和圖表，來說明您具體的發現。

請不要加上包括對您發現這些結果的原因，或是這些結果涵義的主觀解釋。您最後的評估，應該保存在討論章節。

但是，根據您所就讀的專業領域，您在第四章，可能不會包括單獨的結果章節。在某些類型的質性論文研究之中，例如人類學，「結果」通常與「討論」，交織撰寫在一起，同樣放在您博碩士論文的第四章。

但是在大多數情況下，如果您正在進行實證研究，在開始討論研究結果的意義之前，您在報告研究結果的過程很重要。這會讓您的讀者，可以很清楚地了解您的發現，並且使「數據本身」和您對「數據的解釋」分開。

結果的寫法，應該用過去式的時態（past tense）。第四章的長度，取決於您蒐集和分析了多少數據，但是應該盡可能簡潔。第四章只包括與回答您的研究問題最相關的結果。

量化研究結果

對於定量研究，您通常會處理統計分析的結果。

1. 請報告描述性統計數據，來進行統計產品與服務解決方案（Statistical Product and Service Solutions）（SPSS）的說明，描述您數據的平均值（means）、比例（proportions），以及變異性（variability）等內容。

2. 您還需要將論文採用實驗方法，或是準實驗方法的研究。例如，運用於實驗組和對照組，進行評估變量之間關係。請列出統計測試的結果，說明您的假設是否得到支持。

量化結果的呈現

量化結果的最合乎邏輯的呈現方法，是圍繞您的研究問題，或是您的假設來建構。所以，您應該說明的統計數據，以及呈現的方式，取決於您採用的分析類型，以及您遵循的論文風格。

在第四章中，請說明您的發現

1. 簡要概述。

2. 方法應用結果：是否遇到的任何異常情況，需要確保樣品的品質。

3. 描述性分析：變量的分布。

4. 有效性／可靠性分析。

5. 假設檢驗：標準差分析（方差分析）、交叉表、相關分析等，請依據假設相同的順序，逐條書寫。

您要確保所有的結果，包括正面和負面的結果。如果您的結果，不符合您的期望和原先的假設，不要在第四章結果中，推測結果的意義，這應該放在「討論」和「結論」的章節。您不應該在結果章節中，拋出最原始的數據，但是您可以放在附錄中。

請描述調查結果的性質，關鍵結果請在段落開頭用清晰的句子陳述。

X 與 Y 具有顯著的正相關（$p < 0.01$, $r^2 = 0.79$）

列出資訊陳述。

X 和 Y 之間存在顯著關係。

問題或假設，請提出：

提醒您，最好在結果這一章，說明您使用的分析類型。

例如，樣本 t 檢定，或是簡單線性回歸分析。

您的分析，需要更詳細描述於您的第三章方法學的部分。

每個結果的簡明摘要，包括相關的描述性統計數據（例如平均值和標準差），以及推論統計數據（例如 t 值、自由度，以及 p 值）。這些數字通常會放在括號中。簡要說明結果與問題的關係，或是假設是否得到支持。

研究站到了。

健二是日本人,他是我的好朋友。冒險小子!

英國劍橋大學團隊急於探討氣候暖化的成因,這是莫思因回到劍橋大學的第一年,他研究了雪狐,但是他最有興趣的是北極氣候。5500萬年前,北極曾經很熱。

表格和數字要怎麼列？

請簡要說明臺北市人工濕地的水質關係

　　在量化研究之中，包含圖形、圖表，以及表格等視覺元素，需要在博碩士論文中列出，這些圖表需要準確地反映您所研究的結果，並且為讀者增加了閱讀價值。

　　因為，表格可以用於傳達準確的數值，並且可以簡要概述各種結果。

　　因為，圖形和圖表可以用於可視化趨勢和關係，讓讀者對於您的主要發現，進行一目了然的說明。

　　所以，您必須參考正文中的所有表格和圖形進行繪製，但是不要重複資訊。因此，文本中應該總結或是詳細說明您的表格和數字的內容，而不要只是重新陳述您已經提供的相同數據。

　　請在您的表格和圖表中，提供清楚明確的標題，以便讀者可以輕鬆理解您想說的內容。

用簡單的說明，就可以產生一種趨勢

　　下圖 A、圖 B 表示，1993 年至 2010 年間在新北市到臺北市淡水河調查的所有 14 個人工濕地的水質變化（a: DO; b: BOD_5; c: SS; d: NH_3-N; e: 大腸桿菌）。（資料來源：Cheng et al. 2011）新北市當年的水質目標為：DO > 6.5 毫克／公升；BOD_5 < 3.0 毫克／公升；SS < 20.0 毫克／公升；水中的 NH_3-N < 0.50 毫克／公升（Cheng et al. 2011）

請簡要說明大臺北人工濕地的位置

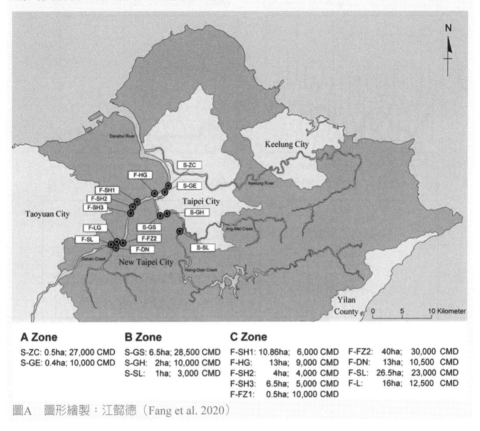

A Zone
S-ZC: 0.5ha; 27,000 CMD
S-GE: 0.4ha; 10,000 CMD

B Zone
S-GS: 6.5ha; 28,500 CMD
S-GH: 2ha; 10,000 CMD
S-SL: 1ha; 3,000 CMD

C Zone
F-SH1: 10.86ha; 6,000 CMD
F-HG: 13ha; 9,000 CMD
F-SH2: 4ha; 4,000 CMD
F-SH3: 6.5ha; 5,000 CMD
F-FZ1: 0.5ha; 10,000 CMD

F-FZ2: 40ha; 30,000 CMD
F-DN: 13ha; 10,500 CMD
F-SL: 26.5ha; 23,000 CMD
F-L: 16ha; 12,500 CMD

圖A　圖形繪製：江懿德（Fang et al. 2020）

5500萬年前的北極

　　5500 萬年前，北極曾經很熱，平均氣溫 23 度，棲息著海龜、短吻鱷、靈長類動物、貘、大型河馬和犀牛類哺乳動物。

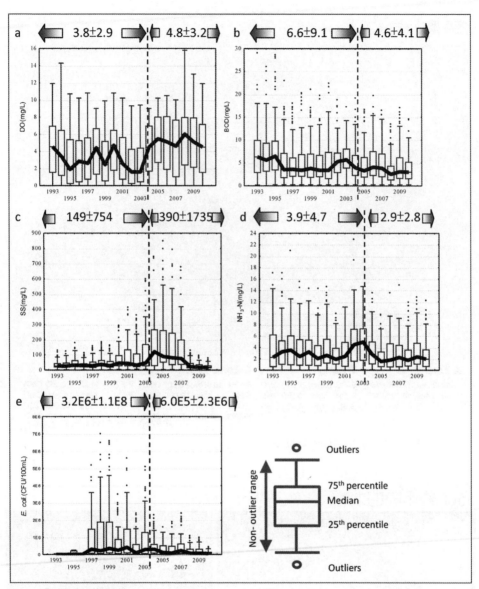

圖B　圖形繪製：鄭百佑

06
質性和量化研究的結果

　　在論文的質性研究之中，研究結果並不是都和特定假設直接相關。

　　學術論文中的結果章節，是您客觀和中立地展示質性分析結果的地方。因此，本章是否需要和討論章節進行結合，需要取決於您所在科系的偏好。

　　我將這兩章分開處理，因為這是最常見的方法。

　　與呈現數值和統計數據的量化結果章節相比，質性結果的章節，主要是以句法的形式呈現數據。但是質性研究還是可以包含量化的元素。

　　例如，您可以根據您採用的分析方法，展示某種主題在數據中出現的字詞頻率。

　　在您的研究之中，加一些量化的元素，可以增加研究的嚴謹性，通過您的主張，提供更多證據，來加強您最後研究的結果。

　　這在使用質性內容分析時，尤其常見。

　　請記住，儘管質性研究，又稱為定性研究或是質化研究，宗旨在實現您研究的深度和文字資料的豐富性，但是不要過於專注於數字，讓您的研究視野過於狹隘。

　　因此，請回顧一下您的結果章節，是否客觀地展示您分析的結果，而不是進行解釋，因此，請放到討論的章節之中。

質性研究的結果呈現

　　對於質性研究和歷史研究，本章通常依據主題或類別，進行文章的組織。在您的研究中可以發現。如果您進行焦點小組討論或是個人訪談，通常在本章適合提供參與者的簡要描述，例如人口統計的概況。

然後使用焦點小組訪談紀錄，或是歷史文物資料，來支持您所做的概括論述。這些分析，還需要包括來自於您在現場做的筆記，或是來自於其他解釋性數據，例如，參與者的生活史資訊。

您應該在結果章節中放什麼？

正如我在前面提到的，您的質性研究結果章節，應該純粹呈現和描述結果，而不是根據現有文獻或是您想探討的研究進行解釋。

任何有關於您所發現結果的推測，或是結果的討論，都應該放在討論的章節。

在您的結果章節之中，您會想談論分析結果，以及是否支持您原來界定的假設。

自然，結果章節的確切內容，將取決於您原來採用的分析方法。

例如，如果您想要採用主題分析（thematic analysis），您將詳細說明分析中確定的主題，使用文本的摘錄，來支持您的主張。

雖然您確實需要詳細介紹您的分析結果，但是您應該避免在本章中放了太多的原始數據。相反的，您應該專注於展現您最關鍵的發現，並且使用引號或是文本摘錄，來支持您的發現。我會建議，大量數據和分析，可以納入您的附錄之中。

雖然在質性分析之中，納入所有的細節很爽，但是最重要的是您要確保您的報告，和您的研究目的（aims）、目標（objectives），以及研究問題（research questions）有關。在編寫本章時，請始終牢記這三種組成部分和您的假設關係性，並且過濾不相關的資訊。

引用相關論文

對於各項主題，對於數據顯示的內容，請進行一般性觀察。例如，您可能會提到反復出現的一致性或分歧的觀點、模式，以及趨勢。請說明上述的觀點，對於您的研究問題的反應。您可以通過直接引用期刊論文，來澄清和支持這些觀點，並且報告有關參與者的相關人口統計資訊，但是不要討論。

如何寫學位論文的討論？

討論的章節，也許您還是可以放在第四章，但是要獨立於結果章節。

討論屬於一種論述的架構，就像是緒論一樣，在這個章節，重返到您在緒論中介紹的重要參數。

因此，在撰寫討論之前，請先仔細閱讀您的緒論；您將採取討論的方式，介紹您的研究，如何證明您的假設，然後展示您的研究領域的知識，如何通過添加這些新的數據而產生改變。

雖然在緒論之中，您的引言從一般性介紹開始，並且縮小到特定的假設，但是您的討論，從結果的解釋開始，然後向外開展，也就是將這些發現，納入到您想要的推測範圍。

您要討論什麼？

討論您想要推論的地方，但是在您的學術論文終，請避免太過於跳躍、漫無邊際、過度猜測，或是超出合理支持您的數據的邏輯範圍。

因此，討論是結果和理論之間的一種對話。也就是您和其他研究者之間的對話。換句話說，對於您想討論的實驗結果，您都可以從其他過去的出版物之中，找到與您發現，相關的文獻，或是相異的文獻。

您希望您的讀者能夠理解這些結果。在大多數情況之下，您的結果要不是和其他學者研究的結果一致，藉由證實結果，您可以擴展或是改進理論。

您透過新生的數據，定位您的論文。通過您仔細地將您的數據和過去其他學者產生的數據進行比對。您的結果可以採用數據、假設、模型、定義，或是公式等形式，進行詳細的討論。

隨著時間的推移，演變的一種解決方案

您的討論架構

1. 首先您需要重述您的研究問題，然後陳述您的發現，是否回答了問題。在多大程度上回答了這個問題。

2. 將您的發現，和您在介紹中提到的問題聯繫起來。請注意其中的相似之處，列出其中的差異、共同、或是不同的趨勢。請說明您的研究，如何證實、擴展、改進或與前人的發現相衝突的情形。

3. 如果您有意想不到的發現，試著從方法、解釋，甚至請由重組假設的角度來進行解釋；在最極端情況之下，您可能要重寫您的緒論。請誠實面對您研究的侷限性。

4. 請陳述您研究的主要結論，並且介紹您研究的理論和實踐上的意義。

5. 請討論您的研究對於未來研究的影響，並且具體說明未來研究者可以進行的下一步邏輯步驟。

　　在文體上，討論通常讀起來像一組項目符號，但是恰好以段落形式寫出。

　　如果有不同子標題的討論，請採用子標題進行論述；否則，不必擔心章節之間的邏輯的思惟流動。

　　請避免過度使用語法第一人稱。在論文中，可以用「研究者」代替「我」，但是如果使用太過於頻繁，可能會造成論述過於主觀。

所以，本章節的目的，不僅是重申您的發現，而是討論您的發現，需要回答以下問題。

請說明下列對於生態環境的意義
1. 這些模式導致預測的可能的機制是什麼？
2. 請說明和前人研究，是否有一致，或是不一致的地方？
3. 請根據緒論中列出的資訊，進行背景原因的解釋。您發現的結果和原始問題的關係是什麼？
4. 請說明最後的結果，對於地球科學、生態學、環境政策等其他尚未解決的問題，有什麼具體意義？

如何完美切割結果和討論？

請將您的觀察，以及您的解釋進行區分。

研究者必須讓讀者清楚地知道哪些陳述是觀察，哪些是解釋。在大多數情況下，最好通過將關於新觀察結果的陳述，以及這些觀察結果的意義或重要性，進行論述。或者，這個結果可以通過「研究者推論」的敘述進行展示。

隨著新的理論出現，大量的文獻已經過時了。倖存下來的論文，是那些以獨立方式呈現觀察結果的論文。

因此，如果您的研究是「多重假設」，您需要找到幾種可能的解釋。請仔細考慮可能的結果，而不是簡單地選擇您最喜歡的一種假設。如果您可以刪掉不合假設的內容，那就太好了，但是對於您已經採集的數據，這通常是不可能的。在這種情況之下，您應該對不合假設的數據給予平等對待，並嘗試指出研究限制，並且列出未來可能的研究工作。

避免跳出當前流行的觀點

您需要和指導教授討論您的研究結果。

哪些結果是我們現在已經知道的，哪些結果是我們不知道的，或是不了解的？這需要包括支持每一項解釋的證據。

目前的結果對於您的博碩士論文，有什麼意義？我們為什麼要關心？

本節應大量參考解釋結果所需要的類似論文。解釋／討論部分通常太長。所以，您要考慮刪除不需要的討論內容，並且採用小標題進行分段。

重新檢視您的實證型博碩士論文大綱

您需要定義第一次使用的專有名詞，例如術語。

在您論述的過程當中，請使用小標題。

在您撰寫第一章至第三章的過程當中。請將您的博碩士論文，像是您的論文大綱提案（proposal），進行重新撰寫，並且擴展內容。

第四章「結果」，就需要單純的寫出結果。。

第五章「討論」。當然，「結果和討論」可以同時放在第四章。在討論這一章節時，需要進行影響的分析，您需要處理理論和實際發現的差異。您只需要提供對於調查結果的解釋，而不是您的個人意見。

「討論」怎麼寫？

1. 簡要概述。　　3. 描述性分析的討論。　　5. 事後分析。

2. 方法應用結果的討論。　　4. 假設檢驗的討論。

第六章「結論」（或是第五章「結論與建議」），這一章可能包括作者的意見。

「結論」怎麼寫？

1. 在幾頁中總結您整本論文。

2. 結論。您的亮點評論。

3. 影響。請您推測研究的可能後果，包括理論和實踐。

4. 請您說明研究限制。包含理論和方法的限制。

5. 未來研究的建議。

附錄

引用文獻。

參考文獻。

原始數據。

參考書目：包括所有查閱過的相關資料來源，無論是否被引用。

09
如何寫學位論文的結論與建議？

　　在第六章「結論」，或是您在第五章「結論與建議」，可以討論下列的議題。

　　在結論中，需要總結您研究主題和理論知識體系之間的關係。通常，您不要吝嗇在本章中，提到您最後的總結，因為這一本論文將回答理論架構和發現。

寫出強而有力的「結論」

1. 您在這一本論文當中，可以從觀察中，萃取出最有力和最重要的陳述，是什麼？
2. 如果您在畢業之後六個月內的一次會議，遇到了讀者，您希望他們記住您的論文最重要的內容是什麼？
3. 從文獻回顧所提出的問題中，請描述您進行這項論文調查中，所得到的結論。
4. 請總結出當前研究產生的新的觀察、新的解釋，以及您的新見解。
5. 結論包括了結果，以及可能對於社會的廣泛影響。
6. 請不要一字不漏地重複摘要、緒論（介紹），或是討論。

寫出強而有力的「建議」

1. 請說明解決問題的補救措施。
2. 請進一步研究，以填補科學研究理解上的空白。

3. 請說明未來對於該主題或相關主題的調查的方向。

4. 請最後確認您的方法學是否正確。

5. 請在本章中論述研究的侷限性，提出未來研究的領域。

6. 您的學位論文最後在建議寫完了之後，請以簡短的結束語，進行文案結尾。

檢視學位論文的引用文獻和標點符號

引用文獻包含所有不是您自己的想法、概念、文本、數據，都需要列出引用文獻（literature cited）。引用文獻不是參考書目（references），所有引用文獻，如果前面本文出現了，在後面的引用文獻一定要出現。也就是說，後面引用文獻出現了，前面本文也要列出引用（citation）。您必須列出文中引用的所有引用文獻。

如果您沒有引用任何人的作品，請用您自己的數據或是參考資料，作為佐證。

如果是英文，請依據作者的姓氏引用（後面是括號中的出版日期）。

根據 Hays（1994）

人口增長是人類面臨的最大環境壓力問題（Hays, 1994）。

引用雙重作者，請列出兩位作者的姓氏參考文獻（後面是括號中的出版日期）

例如：Simpson & Hays（1994）

請列出第一作者的姓氏，並且列出等人。請列出三位作者以上的參考文獻，然後標列出版日期

例如 Dee、Simpson 和 Hays，將是：

Dee 等人（1994）；Dee et al. (1994)。

附錄

1. 請在附錄中列出您的所有數據。

2. 請列出不容易獲得的參考數據／材料（您的論文可以被學弟妹運用）。

3. 請列出表格（可能會超過 1-2 頁）。

4. 請列出計算（可能會超過 1-2 頁）。

5. 您可以將關鍵的文章，列為附錄。

6. 如果您查閱了大量參考書目，但沒有列為引用文獻，可以放在附錄。

7. 請列出資源材料的列表。

8. 請列出實驗的設備清單。

9. 請列出複雜程序的詳細資訊。

10. 請注意，您在使用圖形和表格，應該嵌入正文而不是附錄之中，除非圖表太長，超過 1-2 頁，並且對您的論點不重要，才放在附錄。

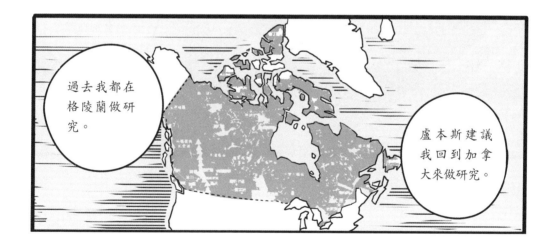

塞拉級核子潛艇在北極海域巡邏

10

您要不要檢查看看？

我在審查和修改學生論文的時候，會進行審查意見的總綜整。請同學修改後再送回來。

我認為寫論文不要趕。很多文字不要用中國大陸的翻譯語法，請用臺灣的翻譯，因為兩岸對於英文翻譯的中文，是不一樣的。

還有，經常我看到太多的歐化翻譯，很拗口。

考試之前，請通過 15% 以下不能重複的報告。

論文，不能是散文，不能是筆隨意走，章節標題（小標題），還有標題之間的邏輯要清晰，第二章要表達的回顧重點是什麼？這個回顧重點有沒有心智圖或流程圖，用圖示看得一目了然？有時需要用心智圖或流程圖進行章節標示，然後一個節、一個節進行說明，不能亂，不能躁進。

也就是說，要好好整理文獻，文獻不是「剪不斷、理還亂」，意思是不能釐清你最後的心得，也需要理出個論文的頭緒，在文字的結構中，需要進行邏輯的重整。

有時候，需要和指導教授進行線上討論。

請注意論文寫作邏輯順序

因為理論、案例穿插，會看得很亂。應該是先寫立論（position），進行案例的立場辯護，還要注意作者本身是否有偏見，進行反身性的處理。才可以達到立論或是立場說明中，信度的要求。

研究生經常犯錯的寫作問題

1. 翻譯國外期刊文章，需要用本國的文字，不要用歐式句法。所有的文字，寫出來後，要讀一遍。看是不是通順，能不能表達意思，邏輯上是否說的通？我經常採用 Word 追蹤修訂。還有註解部分，需要針對指導教授的意見，進行修正。

2. 很多內文的引用，都在論文最後面，找不到引用文獻。

3. 很多題目是什麼？並不清楚。論文格式，請依據學校規定正規的格式撰寫。

4. Citation 不對。例如說，（Curtis et al., 2012; Branagan, 2003; Jordaan, 2008），這是依據 APA 6 版還是 APA7 版？又例如，是依據年代順序排列，還是依據英文字母的順序排列？要讓指導教授看得懂您的 APA 用法邏輯。要說明你是用 APA 6 版還是 APA7 版，不能混用。

5. 英文的標點符號要用半形，中文的標點符號用全形。英文用 Times New Norman，中文用標楷體，都要依據進行修正。

6. 要加上中文和英文的摘要。

7. 字體深淺不一，請一律採用黑色。

8. 臺、台混用，請統一修正為臺。如為註冊或是專用的台，可用無妨，否則一律用臺。

9. 專用名詞，第一次出現用全稱。

10. 對於引用作者的描述，經常沒有主詞，要說明是他，還是她。

莫思因博士的成長

我是加拿大猶太人。當年我在加拿大，我的父母告訴我如何躲警報。我父親跟著祖父母很小就輾轉從德國離開波蘭，跑到英國躲避納粹追擊。

兒子，要講英國腔英文。

是的，父親。

你知道聖路易斯號客輪事件嗎？1938年父親逃難時只有八歲。

當年聖路易斯號客輪滿載937名猶太人要入境加拿大，後來被迫返回歐洲，其中250人被捕，死在納粹集中營。

1939年夏天，加拿大暴動—拒絕猶太人入境！

抗議！回去！

抗議！猶太人！回去！

11
請減少重複率

當我寫到這一章時，我知道已經邁入第一篇學術論文撰寫的尾聲，我想回答一下，學生的問題。

問：「方老師，如果發現研究方法的專有語詞使用，很容易被判讀相似性高。如何解決？」

答：

寫作是一種鍛鍊。我在哈佛大學唸書的時候，老師教我們寫作，都是看了書，闔起書本，用自己的話，寫出來，然後在進行引用。我在哈佛的時候，有 20 位學生無法取得學位，因為教授指控學生抄襲。

目前在國立臺灣師範大學環境教育研究所對於學生的要求，就是學位論文的重複率，要低於 15%。目前已經有學生通過博士班資格考，運用 turnitin 軟體，比例都低於 15%。

如果研究方法的專有語詞使用，很容易被判讀相似性高。其實，老師不需要看這些網路上的名詞堆砌，這些東西在網路上很容易查。老師要看的為邏輯推理，如何運用在你的論文之中。請不要被網路上來路不明的資料所誤導。

切記，不要急。研究生要建立自己寫作的信心，就是闔起書本，用自己的話，也可以寫出一篇文章，並且引用。切記，不要被專有語詞所誤導。寫作，絕對不是考專有名詞，因為這些網路都查的到，是在考您如何強化自己的邏輯運用，讓自己的博碩士論文，在效度和信度中，無懈可擊。那些網路上說的，和你的論文無關的，不需要再剪貼（copy & paste）了。同時，更不可用 Chat GPT。

站在巨人的肩膀上

有一個故事是說，牛頓給虎克的信上寫著：「如果我比別人看得更進一步，那是因為我站在巨人的肩上」（If I have been able to see further, it was only because I stood on the shoulders of giants）。

這個故事不是說，牛頓抄襲了誰的東西。也不是說，牛頓有多謙虛。而是，這是一封牛頓很生氣，駁斥虎克觀點的文章，我將原文翻出，牛頓幾乎在期刊之中，指著虎克的名字痛罵。

拜託耶，你牛頓很不懂學術倫理，人家虎克好歹也發明了虎克定律。

傳說中，虎克製造了第一個天平、第一臺的顯微鏡、第一個有彈簧的手錶，還有第一隻水銀溫度計，虎克的發明，真是「族繁不及備載」呀。

那麼，牛頓和虎克的矛盾在哪裡？是瑜亮情結？還是就事論事？

在西方人的觀點來說，沒有溫良恭儉讓的學術倫理，只有不抄襲的學術倫理。

換句話說，牛頓所說的，學術巨人是笛卡兒。笛卡兒和牛頓是研究不一樣的東西。牛頓的自負，是拿笛卡兒當做是墊背，當做背書，證明牛頓自身的自負感和驕傲性。

但是，我們的學生，在創造理論、修改理論、檢視理論正確與否的自負感和驕傲性在哪裡？我不忍苛責，但是我還是要學生想一下，博士生是否可以創造理論，碩士生是否可以修改理論，我們的大學生是否可以檢視理論正確與否？

也許，我們不需要像是牛頓一樣的自負，死命地扒在學術巨人的肩上，一定要努力駁斥和修理學術巨人的理論。因為，我們只是普通人。

你需要苛責政府嗎？

12
批判之後，還剩下多少？

　　我能體會牛頓的心情，他在學術之路中，像是李白在中年時的作品《行路難》所說的：「拔劍四顧心茫然」。但是呀，我們寫論文，曲曲折折，彎彎蜿蜒，又像是李白又說的：「行路難，行路難，多歧路」。最後，很多沒有創見或是抄來的論文，都像是李白最後所說的：「今安在？」

　　因此，您需要積極對待您寫撰寫的語言。

　　在論文的議論文中，您撰寫論文的語氣和風格比您想像的更重要，尤其是當您批評別人的觀點時，要格外小心。在選擇用詞和措辭時要保持尊重。使用咄咄逼人的語氣，對作者人格殺傷力的影響，比您要指責的錯誤目標，包含研究假說、研究方法、調查目的，更為糟糕；即使您小心翼翼地匿名在網路反駁了一個卑鄙的觀點，您的仇家會蒐集您所有的發表，調查您一輩子。例如翻出您和您的指導教授抄襲、誤導和剽竊資料的論文例證，並且小心蒐集證據，準備在您想要競選大學校長和院長，或是接受新的政府職位的前夕，將您的博碩士論文，告上了法庭。「我不是在恐嚇你，2022 年，臺灣縣市首長和民意代表選舉，就發生了許多學位論文抄襲的事件，讓臺灣一次少了五位碩士、一位博士。」大家要特別小心。

　　學術界很多玉石俱焚的案例，不知已累積幾代的仇恨。所以，要格外小心。因此，您需要考慮寫作的風格，以及語法輔助工具。

小心錯別字

　　您要小心錯別字，即使是最小的錯別字，也可能破壞您最精心策劃的論證。問題是，如果您被拼寫和語法分心，就很難提出最好的論點。

科學教育的本質

談到科學教育的本質，就在不斷的找議題，找答案，也就是不斷的偵錯。

但是，我們傳統的教育，只在背誦或是考出正確的答案，這都不是培養學生寫論文的做法。

光是靠背誦和計算，很厲害，沒有錯。但是，也不是培養學者的方法。

臺灣的學生，壓力都太大。個別競爭太強，沒有合作之心。但是，大家只會背，會算，但是，不會想。從小就不想，也不想動手做。

老師說，考上大學再想，大學生也都不想，到了念碩士和博士，隨便想一想，也隨便動手做一做。很多，都是老師給的題目，沒有自己的題目。因為大學生都跑去玩了，碩博士生，都做老師給的題目了。

博士畢業要的門檻 SCI 和 SSCI 期刊論文，反正自己的指導教授全力支援。

因此，全臺灣的大學，一個樣都是了。然後，到了大學，大學生可以容易混畢業，因為都是教授、專家，以及學者說了算。

反正，高中生到大學生，背背書，考過試都可以，一定有證書。但是，不保證可以到哈佛、劍橋、麻省理工學院等名校深造。也更不要保證未來研究可以順遂了。

中文的全形和英文的半形不要誤用

在論文中，中文本來就是全形，半形是打英文用的。請勿英文中的半形標點符號，打在中文文章之中，例如不能將半形「,」、「.」、「…」等符號，鍵入中文的文章之中。

13
等待好教授？

　　我在美國念了一個博士，兩個碩士。我的碩士論文指導教授弗雷德里克·斯坦納（Frederick R. Steiner，1949～）是美國生態學家，在 2016 年接任賓州大學設計學院院長兼講座教授。我從 1994 年，就保留我的碩士論文手稿，連同他的改作。雖然當年我的英文，絕對是「菜英文」，但是碰到好老師，依然有出頭天。你可以看見斯坦納教授細心的紅筆筆觸，一筆一筆更改我的碩士論文。當年，他連我的標點符號都幫我改。可見我的英文之「菜」，以及他對我之「好」。

　　中國人的命運是可以更改的。西方人則不能，因為沒有啟動命運更改密碼的善基善念。

哈佛大學的心理醫生

　　也許，中國人安排的口試，都是玩假的，見面三分情，不敢不過。不過，怕學生想不開，擔心研究生在頂樓助跑一下，就向下跳；在美國，口試是真實的，教授就敢讓學生不過，不過之後，學校會安排心理醫生，你必須要預約和排隊，大約二個月後可以掛到號問到診。因為你前面已經有 59 位同學沒有過。我在 2019 年到了哈佛大學，聽說哈佛大學當年三位學生跳樓自殺摔死了，學校停課了三個星期。

　　所以，美國心理醫生是很忙的。

「通靈少女」PK「落地橘子」

　　話說，臺灣很盛行「通靈少女」。臺灣另外一個社會階層，早就是通靈的天下。

我是「落第舉子」，也是「落地橘子」，我高中念自然組，考上東吳大學數學系，後來重考大學，念的是中興大學法商學院「地政」學系。我嘲笑自己是「落在地上的橘子」。

我在中興法商地政系大學四年級，經過預官、公務人員高等考試、研究所（中興大學都市計畫研究所、臺灣大學建築與城鄉研究所）碩士班入學考試全部落榜之後，我聽說，當年大學生迷信通靈。

在失意之際，學妹帶我去問，那時離中興大學法商學院大學生畢業典禮還有三天。五歲的通靈者告訴我，我的命運只有大學畢業。後來，我的直屬學妹告訴我說，小靈童通靈告訴她，她是碩士，果然在我到部隊當兵的時候，她拿到密蘇里大學的企管碩士回來。

當然，通靈者的預言，在我身上沒有得到印證，否則我也不會在這一本《闇黑論文寫作》中寫這一篇追憶文章。小靈童長大之後，是否靈驗？我也不知道。總之，中興大學法商學院地政學系當年只有大一英文選是英文，其他的課程全部都是中文用書；所以，我的英文從高三程度，進入到美國研究所之後，要寫出英文的碩士論文，真正是痛苦加上三級；但是靠著自己的努力，到了 2022 年，我已經在 Springer 出版社，撰寫並出版了三本英文原文書，並且我已經發表了二百多篇期刊論文，其中一百篇以上是 SCI 和 SSCI 期刊。

自由意志的善心善念

在此，我想說的，是自由意志（free will）對抗命定論（determinism）的重要。也許，算命的通靈者要激出我的自由意志，我才會為自己的命運搏鬥。否則，說我太好命，我會極其怠惰；不如，算爛一點的命才好。或是，即使說出未來真相，但是事實上可以更改未來。

我不是命定論的「星際大戰」安納金・天行者（Anakin Skywalker），原名黑武士達斯・維達（Darth Vader），我是尖牙・偉達（Fang, Wei-Ta）。因為黑武士達斯・維達的命定論，極其愚蠢，他過於相信命運，我不相信。我相信《了凡四訓》，行善積德可以改變命運。

你相信命定嗎？

14
打造一些新的觀點和論述

　　我的老師哈佛大學景觀生態教授理查‧佛爾曼（Richard T. T. Forman, 1935～），83 歲退休。退休之前，寫了許多膾炙人口的書。書的內容我不一定都看過，但是，我佩服他在寫書之前，他寫的一本書，至少放了 3,000 篇參考文獻，到現在沒有中文翻譯，我相當遺憾，因為這一本景觀生態學的聖經很難翻譯。有一次他在哈佛的教室上課時，突然說到他寫的《土地鑲嵌塊》（Land Mosaics），他說：「你們知道我有在這一本書上放了一個笑話嗎？」我知道這是老師測試同學是否有唸書的方式，但是我們面面相覷，一本厚厚的書，到哪裡找出這個隱藏版的笑話呢？後來，我離開了景觀生態界，到了環境教育界，他出的新書，《Urban Regions》和《Urban Ecology》這兩本書，我放在書架上，由於忙著進行環境教育的研究工作，這兩本書，看得就沒有那麼用力了。

　　也就是說，2006 年，我幫高雄市政府採用理查‧佛爾曼景觀理論，我只用了一招半式，透過「基質、區塊、廊道」概念，創造高雄濕地廊道的實驗設計。我知道，在景觀界的 SCI 期刊論文，我過去發表過，需要透過物理機械模式和生態動態空間觀點，進行模型創造。也就是說，景觀生態學的學術發表，需要具備操作地理空間資訊技術層面，那是饒富趣味的。但是，我既然離開了地理資訊空間的教學和研究領域，就必須從頭開始，打造一些新的觀點和論述，並且建立一套可以運用的研究方法。

重新當「學生」

我重新思考，過去高中，我是念自然組；到了大學，我是念社會組，博士我是唸農學院的生態博士，到了國立臺灣師範大學永續管理與環境教育研究所，教育部 2023 年 8 月 1 日核定掛牌，我是全中華民國首任「永續所所長」。我想我又應該又回到了社會科學的研究了。

也就是，開始研究最難研究的「人的研究了」。坦白講，這些研究出來都不難，最難的為國際期刊 SSCI 的期刊發表，我的經驗是，在國際期刊的投稿過程之中，當我發表了四篇的 SCI 期刊論文，才會有一篇 SSCI 的期刊論文被接受。

這一種感覺，不會太好。因為，會耽誤我國際環境教育和國內環境教育的社會服務工作。

2012 年，真的非常幸運，我來到了環境教育研究所，這是永續管理與環境教育研究所的「原型」。在研究的自由度上，我的自由度真的跨距非常大。環境教育是我在 28 年前，在環保署的第一份工作，我在行政院環境保護署環境教育科一待好多年，等於回到了老本行了。但是，環境教育的公家機關推廣工作，和環境教育的實際研究工作，其實性質相距甚遠。簡單來說，國外環境教育的 SSCI 期刊，只有 *Journal of Environmental Education, JEE; Environmental Education Research, EER*，影響因子點數真的不高，在國外的教育領域中，和其他教育領域的知名期刊，影響力真的不可同時而語。

了解你的指導教授

我也不曉得，我只知道魯本斯院士認識我父親。

我不曉得。

不談麥肯齊金了。

你對你的老闆認識多少？

偶而，魯本斯院士會到德國達浩集中營去憑弔他死去的父親。

德國南部巴伐利亞邦達浩鎮達浩集中營，屠殺猶太人的火葬場。

他有一點神祕。多半的時間，他都躲在書房裡寫書。

我帶了魯本斯的書。

15
慨然悠游如上古之麋

　　但是，我從來就不灰心，我還在找期刊論文的出路。因此，我在教授環境教育研究法的時候，雖然企圖窺探和揭櫫一些國外環境教育期刊上面的研究興味，但是過去我們所受的訓練都在技術上的思考，很少研究出什麼背後深層的理論，更沒有探討研究哲學的背景。

　　於是，我們開始聽課，尤其聽聽王鑫（1945～2023）老師的看法。我很喜歡王鑫老師談到五南出版社在2023年出版的《環境倫理》，他是中西合鑄，而且具備相當強的西方邏輯思惟的批判哲學觀點。我知道許多同學上他的課，告訴我說，同學聽不太懂，我卻是聽到興味盎然，無法自拔。因為我在聽王鑫老師的課程中，雖然無法達到拈花微笑的最高境界；但是我已經達到心契神會，在聽課的過程中，達到了：「慨然悠游如上古之麋」的心流（flow）快樂。如果沒有國際期刊的約束和綁架，在永續管理和環境教育的研究上，我應該能夠更為灑脫和自在。

　　我望著書架上的書。基本上這些在家中書房中上架的哲學書，就是已經看過了，不管是全本讀完；還是讀了二分之一。我很高興我在坐捷運的時候，可以專心看書，等車、搭公車、坐捷運，是最安靜的讀書時間。在研究哲學的時候，我還是很羨慕宋朝歐陽修（1007～1072）所說的：「書有未曾經我讀，事無不可對人言」。

「學生」就是「學習生存」

　　歐陽修是謙虛，而且是具備道德論的好人。歐陽修的道德論，和康德

（Immanuel Kant，1724～1804）的想法很相像，就是不要對人說謊。即使是善意的謊言。在道德的約束之下，沒有什麼實話，是不能講的，這個太難了；也就是康德所說的，不可以說謊，即使是爲了救人，騙取壞人的信任；或是騙取家人的信任，隱瞞疾病的眞相，也不能說謊。唉，這一種道德境界，和我大學唸書時崇尙王陽明（1472～1529）的心學，讀到理論基礎不太一樣。這一種道德理論，眞的是非常崇高，連神明都難以想像，連「善意的謊言」都不可以說；我們凡夫俗子，更是難以望其項背。

　　這一段時間，身心忙亂，爲了籌備 2024 年 11 月 11 日到 11 月 15 日國際濕地科學家學會在臺灣的年會（2024 SWS Annual Meeting），我夜不成眠。在忙亂之中，看心理學的書、看哲學的書，看宗教的書，總算可以有一種身心較爲安頓的去處。自從我 2005 年在美國拿到博士學位之後，才知道看書是一種樂趣。即使看不完，也沒有關係。這是我通常勉勵研究生的話，因爲看不完是正常，看得完我才覺得奇怪。因爲我的哲學很簡單：「學生就是學習生存」。不管是研究生還是教授，都在學習中。即使在大學教書的教師，也在學習生存。而且，我覺得在校園中，教授的生存條件更爲艱難。那麼，教授也是「學生」囉。大家都是學生，一輩子都是在學習；那麼，這個「學生論」的道理也就相當明白了。

盧本斯院士說了什麼？

PART 2

封神榜

如果一個想法聽起來不荒謬，那麼它就是沒有希望的。

If at first the idea is not absurd, then there is no hope for it.

——愛因斯坦（Albert Einstein，1879～1955）

在本書《闇黑論文寫作》第二篇〈封神榜〉，討論的是出版期刊論文的過程，這個過程可能看起來令人生畏。如果碩士論文和博士論文只是通過了答辯，則不被視為已經發表。口試答辯不等同於發表；論文的出版必須已經經過印刷，或是採用網路可以下載的方式發表，並且已經經過期刊編輯的審閱。但是如果您遵循投稿步驟，在期刊中發表論文，這是一條可行之路。儘管完成學術論文可能是完成博碩士學位的最後一道障礙；但是成功發表期刊論文，才是邁向學術職業生涯的重要一步。也就是說，許多成功的學術專書的核心，是博碩士學位論文出版的一部分。在大多數的情況之下，博士研究需要以期刊文章的形式發表，才能算是正式發表。

因此，論文出版從傳統的印刷版，到網路付費發表。論文出版既是科學研究的一種手段，又是描述科學研究成果，以及進行學術交流的一種工具。論文寫作到出版發表的專有名詞，請詳閱附錄二的解釋名詞（P.319）。

根據美國 2018 年統計，平均只有 25.6% 的學術論文，最後發表在同儕審查（peer review）的期刊，但是各領域之間，存在顯著的差異，有的學術領域只有 10.1%；有的領域高達 59.4%。在〈封神榜〉這一篇中，我將列出重要的資料，說明完成此一過程的階段。我將使用範例文本，說明撰寫學術寫作的重要特徵。您將找到文本類型的解釋和範例，以進行期刊論文的反思性寫作（reflective writing）。

第五章

斬妖除魔

01
一個寫作時代的開端

北極，不僅僅是地球上的一個孤立點。

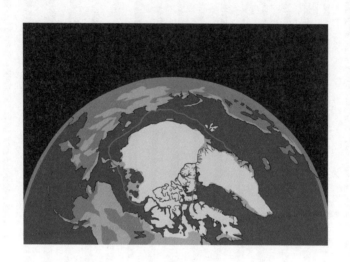

　　布拉沃（Michael Bravo）在《北極：自然與文化反應》這本書中，將北極的概念，追溯到神聖的古代文明，從文藝復興到第三帝國，包含了強烈的民族主義意識形態（Bravo, 2019）。例如，在英國維多利亞時代，將北極視爲廣闊空曠的荒野，進行自然環境的鬥爭。北極是愛斯基摩人，也就是因紐特人縱橫交錯的穿梭地點，北極是歐洲人和美國人在帝國主義願景中的伊甸園，也是帝國的野心和烏托邦的幻想之地，即使氣候變遷的威脅已經來臨，北極仍然是一種特殊而重要的地方！

　　北極實際上是永恆的。到了今天，北極沒有時區。北極是時間本身的源頭，因爲所有地球的時區的經線，都穿過北極。

站在北極，您會面向四面八方。這種從北極俯視整個世界的景象，最早出現在文藝復興時期。哥倫布、達伽馬、麥哲倫的航行路線，改變了歐洲人民對於地球的「理解」。

從極地出發吧！

阿皮亞努斯（Petrus Apianus，1501～1552）是文藝復興時期的地球儀製造者，他在 1524 年設計的儀器，包括一個平面的極地地圖，還有黃道星環，以及一組索引臂，可以安裝在地圖上，以便追蹤太陽的運動。在地球的頂部，北極是支點。

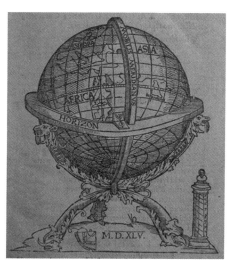

阿皮亞努斯（Petrus Apianus）的北極支點

北極星是宇宙的中軸

古代的中國人早就已經注意到天空中的星星，圍繞著一個看似不動的點旋轉，附近有一顆北極星。

相同的，古代希臘人、中世紀阿拉伯人，以及文藝復興時期的天文學家，將北極星稱為宇宙的中軸，所有的天空都圍繞著這一點旋轉。

02

極地的冰，出現了問題

　　我的書《闇黑論文寫作》從極地研究出發，象徵著一個寫作時代的開端。因為 1992 年極地的冰，出現了問題。這是因為這個世界的懵懂無知。

　　1991 年菲律賓皮納圖博火山和智利哈德遜火山噴發，產生的氣溶膠，讓 1992 年變冷。但是，火山爆發和聖嬰現象（El Niño）現象，中斷了自 1980 年以來科學家觀察到的強烈的全球變暖趨勢。但是，未來幾年全球平均氣溫將再次開始上升。

　　在美國，1992 年開始越來越熱。

　　什麼是極地的冰？

　　科學家監測氣候變化的一種方法，是測量北極的海冰範圍。海冰範圍，是在一定時間之內，測量出來覆蓋北冰洋的海冰面積。

　　當海冰將太陽光反射回太空之後，海冰在於調節海洋和氣溫、循環海水，以及維持動物棲息地方面，發揮著重要的作用。（如圖 A）

簡單的圖表說明

　　北極海冰在寒冷的冬天形成，當海水凍結成大塊浮冰，然後在溫暖的夏天融化。

　　這一種循環，每年都會重複一次。我簡單用 2021 年 9 月 16 日美國拍攝到的北極海冰畫面說明吧。

　　當時海冰似乎達到了 2021 年最小範圍。在這一天，海冰的範圍為 182 萬平方公里。

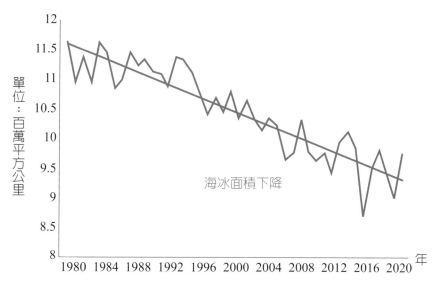

圖A

從 1992 年到 2021 年，北極海冰的範圍，一直在下降。尤其是在夏末達到一年中的最低點。（如圖 B）

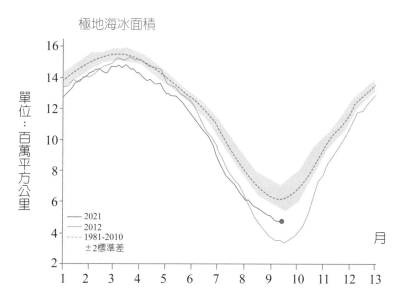

圖B

美國2012年控制了二氧化碳排放量（CO_2）

　　在 2012 年，美國的二氧化碳（CO_2）排放量是美國自 1994 年以來，最低的一年，全年為 53 億公噸二氧化碳。這是除了 2010 年外，自 2007 年以來，排放量逐年下降。那麼，2021 年海冰面積為什麼會下降呢？這不合理呀！我百思不解。

　　您可以當作是您可以嘗試的論文主題。請開始您的研究作業，並且設立您的假說吧。

你有懼高症嗎？

03
荒謬的想法

　　愛因斯坦曾經說：「如果一個想法聽起來不荒謬，那麼它就沒有希望了。」

　　我常想，為什麼科幻小說的作者，事實上在預見未來技術發展，做得很好。事實上，科幻小說的作者對於未來想像力的預測，在技術層面，往往比研究者預測還準。

　　在《宋史・卷三二七・王安石傳》，王安石嘲諷《春秋經》只有簡略要聞，而缺乏事情的來龍去脈的說明，如同「斷爛朝報」。然而，我們閱讀王安石全部著作，沒有一句話詆毀《春秋》，反而多次引用《春秋》傳義。

　　王安石是開玩笑吧，因為他不喜歡「理所當然」。

　　「過去的歷史是確定的。」

　　因此，我們常常傾向於認為未來，會隨著過去和現在的線性發展而流動。

　　但是，《金剛經》說：「過去心不可得，現在心不可得，未來心不可得。」佛教認為時間是主觀的。不是現在的一秒鐘才叫做現在。「如果我現在正在讀博士」，這個現在，就可以包含五年的時間。如果畢業期刊論文寫不出來，可能還得等五年，超過九年時間（國外是十年），博士就是廢了。

　　我寫的期刊論文，被審、被退；同時，我也在審研究者的期刊論文，大家都是沉浸在無窮無盡輪迴之中，掙脫不了。

　　聽愛因斯坦的話

　　那麼，預測未來可能性的最佳方式，就是研究當前的事態。但是，未來不會簡單地從現在開始，以線性發展的形式出現。

思考未來，我們需要發揮想像力。當我們這樣做，我們需要記住，未來可能不會沿著與現在相同的軌跡流動。

您的論文，您的方式

　　一切都應該盡可能簡單，但不能更簡單，我收到博士生給我的簡訊。

　　您在簡訊中說，我是「一位當學生無法完成論文時，會跳出來親自幫學生完成論文的老師」。

　　這是有前提的。

　　學生要能夠配合我的評論，因為這些評論都是我多年來的投稿心得，在投稿時，我會想想：

1. 這一篇文章，真的有貢獻嗎？還是為了應付學校的需求而投稿？我想是因為對於學術有貢獻，絕不是因為學生畢業要論文，所以我們才生產論文，不是這樣的；這樣的「為論文而論文」，論文的品質不會好，我們撰寫論文，是因為對於學術上的良知和責任感，需要將我們的研究公諸於世，是繼承宋儒張載所說的：「為往聖繼絕學」，這是儒家的責任，是有使命感的。

2. 有原創性的論文，是因為發現前人沒有發現的理論。這需要參考其他國內外研究者的文獻，經過研究，討論之後所得的心得。因此，論述是嚴謹的。

3. 統計上是否符合信度和效度。統計這一關，是量化論文的第一步，統計要修，才能夠在研究上服人。

4. 寫兩篇期刊，通過博士論文，我認為這是研究的第一步，這才剛開始踏入研究之路。因此，這是過程，不是結果。所以，來日方長，身體要保養好，不要將兩篇期刊看得太重。我的意思不是說兩篇期刊不重要，而是期刊的重要性雖然很大；但是，不能夠大到您有壓力，也不能影響到您的健康。

哇！北極熊

04
沉浸在思考享受的過程

　　期刊寫作不是您時間上沉重的壓力，壓力是自己給自己的，是自己幻想的；我認為，期刊寫作，是一種在學習中，沉浸於享受思考的過程。

　　很多期刊投稿，布局很久，放線很長，為了求取到人生的學術真知；所以，千錘百鍊，希望發現前人所未知的價值，這才是發表期刊文章所追求的目標。

　　儘管科學家可以在研究範圍之中，自由評論研究結果的重要性。但是科學家必須小心撰寫推測和結論。

　　當一本碩博士論文撰寫出來之後，最好經過實驗驗證的方式，提交給專業期刊出版。當碩博士生撰寫的初稿實驗結果，進行同儕評審之後刊登，才代表出版。

　　因此，專業學會的科學顧問委員會和專家小組，是用來驗證一本博碩士論文品質的審查者，也是研究結果發表審查的把關者。

學術期刊寫作主要特點
1. 循證（Evidence based）：參考和引用（referencing and citing）確實。
2. 結構合理。
3. 條理清晰。
4. 展示批判性閱讀、寫作，以及思考。
5. 以適當的風格進行寫作。

撰寫期刊論文的方式

無論英語是您的第一還是第二語言，您都可能會發現在投稿國際期刊寫作中，充滿了挑戰性。

學術寫作是一種複雜的連續單元操作，涉及閱讀、思考、規劃，然後再重新撰寫草稿，並且編輯文本（text）的過程。

批判性分析（critical analysis）

您可以在各種學術資源中，例如Google Scholar找到這些問題的答案。

從 Google Scholar 下載期刊之後，快速瀏覽期刊文章。閱讀文章的標題，以了解文章的結構和內容。

略讀期刊文章的文本，以鑑別其中作者最關鍵的想法和內容。

請問，這一段文本閱讀之後，對您的研究有用嗎？

從第一段閱讀首句，這是一種略讀的方法。因為在期刊中，首句是最關鍵的文字。因此，設法閱讀每段的第一句話，這將說明該段涉及的內容，以及您可以確定文本和您的研究目的最相關的部分。

此外，閱讀不熟悉的概念和理論，比閱讀熟悉的材料要困難得多。因此，理解教科書或研究報告中的每一章節，可能需要比預期更長的時間進行。如果您正在閱讀的文本中，沒有完全解釋某一種想法，您可能需要進一步閱讀，以進行理解。因此，需要進入到入門級教科書，以獲得重要的理論概念和解釋。

批判性分析（critical analysis）

批判性分析，基本上涉及對於議題更為廣泛的閱讀和思考，以針對議題進行深刻的理解。

1. 請說明概念、理論，以及模型，這可以協助您理解問題。
2. 請說明這個題目涉及的問題、挑戰、缺點，以及研究限制。
3. 請說明在研究文獻之中，涉及上述題目的問題、概念、理論，以及模型；並提出不同的觀點。
4. 請說明以上觀點，在您查閱的文獻中的重要性。請問您的觀點是什麼？是否作者和您達到了共識？您的意見是否和作者相仿？或者您的論點，是否只有一兩個作者持有類似的觀點？

三十年後（莫思因六十四歲）

主題（topic）、重點（focus）、說明（instruction）

　　基本上，博碩士生在畢業之前，幾乎總是對於要預期的期刊閱讀數量，感到痛苦和沉重。

　　但是，在大學中，閱讀是一種必經的期刊撰寫思辨的過程。通過閱讀期刊，可以批判性深入理解您的學科。

　　因此，在研究所專題討論的課程中，您都需要閱讀一系列文本，包含期刊論文，為撰寫期刊文章進行準備。

主題（topic）、重點（focus）、說明（instruction）

　　如何解決科學、技術、工程和數學（STEM）專業中，城鄉學習差距的問題？

1. 主題：您需要解決的問題是什麼？
   在這個問題中，城鄉學習差距這個議題很複雜，可以從各種不同的角度進行探討。例如，請從人力資源管理、社會學，以及教育學的觀點進行剖析。因此，您需要確定論文的主題和論述重點。
2. 論文的具體重點：在這個問題中，重點是如何在 STEM 專業的特定背景之下，解決城鄉學習差距不公平的問題。

3. 問題的說明：這是一種批判性評估的說明。基本上您必須採取質疑的方式，提出以下問題：

什麼是……？

為什麼……？

如何……避免？

所以呢……？

所以對於撰寫這一篇城鄉學習差距問題的期刊文章，下列議題應該是您可能會問的問題：

什麼是城鄉學習差距？

世界各國在多大範圍之內，實現了減少城鄉學習差距？

STEM 專業中，城鄉學習的障礙是什麼？

有哪些機制／策略，可以減少城鄉學習差距？

這些機制／策略已經成功？為什麼會成功，或是不成功？

先大量略讀文獻

由於大量文獻資訊的爆炸，您在撰寫一篇期刊論文時，應該是略讀，而不是每一篇期刊文獻讀到昏頭轉向。略讀包括閱讀摘要、查看圖表，以及圖表的標題。因此，您應該建構您的論文架構，以便可以通過略讀，理解您的參考文獻；也就是在撰寫摘要時，當您看到原作者的結論，或是繪製的圖表和標題，一下子就懂作者要說什麼。

第三劑沒有用，你還是要關14天

學術上可靠的來源

　　撰寫期刊論文的過程當中，應該採用教科書作為基礎知識的起點，並且從學術期刊中獲取主要的資訊。

　　請從指導教授推薦閱讀清單，以及您在講座和研討會之中，獲得推薦閱讀的期刊論文。然後，您需要全面在實體圖書館進行紙本期刊的搜索，以找到更多可以相信的資訊來源。

　　這些資訊來源，可能包括學術教科書、學術專業期刊文章、學術網站，以及政府和專業機構發布的報告。

除了專業期刊之外，請評估可靠的資料來源

　　✓✓✓學術教科書和期刊出版物。

　　✓✓可以參考公司、政府，以及非政府組織的網站，但是請記住，組織網站的主要功能，是以宣傳的手法展現組織績效。撰寫期刊論文的研究工作，是以批判性的角度閱讀網站，以洞察偏見，這兩種是不同的。

　　？報章雜誌和網站媒體的價值有限，因為大眾媒體報導的是傳播資訊，而不是原始資訊。如果網站報導了一項研究或政府報告的結果，您應該在學術期刊或政府網站上尋找原始來源，而不是依賴報紙媒體的說明。

　　✗演講材料（lectures）和研討會文章（seminars）：研討會論文，是了解某項問題的最佳開始，但是不能列為參考資料。此外，講座（lectures）是來自未經證實來源的資料彙編。如果您想採用某位教授講座中的概念、理論，或是想法，請閱讀原始學術期刊文章。

> ×× 維基百科（Wikipedia）、百度百科（Baidu Baike）、媒體網站、schools.net 之類的網站，在學術層面上，都不是可靠的資料來源。上述資訊在沒有經過來源確認的情況下合成的資訊，而且通常缺乏分析的深度。

您的論文，學術論文

當了教授，都是從博碩士，一點一滴累積出來的研究實力。因此，談到論文，您講的是期刊論文吧！撰寫方法學的時候，需要鉅細靡遺進行說明。

學術論文指的是學術團體（例如學會），所發表的學術雜誌文章嗎？

那麼，學術雜誌和學術期刊有什麼不一樣？自然科學和人文學科所發表的刊物，有什麼不一樣？

在論文的術語上，其實存在很大的差異。以科學而言，以下區別是常見的。廣義來說，學術論文是指期刊、信函或是評論；狹義來說，指的是投稿期刊的編輯委員會，經過審查的文章。除此之外，還有採用以下的格式，作為期刊分類的學術期刊。

學術論文

期刊論文 （Journal paper）	經過同儕評審之後，在學術期刊（academic journal）上發表的論文。
通訊（Letter）	一篇相對較短，字數較少的論文。通常也是需要經過同儕評審，並且發表在學術期刊上。有時候通訊是反應對於突發新聞的評論。
評論（Review）	評論論文，是在專業領域研究成果中，以總結形式發表的論文。

| 研討會論文
（Proceedings paper） | 研討會論文屬於在學術會議（academic meeting）上發表的論文，是否需要經過同儕評審，取決於會議決議。即使是同儕評議，研討會論文也沒有期刊那麼嚴謹，所以經常被視為表現價值較低的論文。但這也要看期刊/會議的領域和發表論文的品質。在人文和社會領域，一般使用Proceedings的複數形式，原意指的是學術會議的會議記錄。後來成為學會發布的官方通訊。研討會論文以口頭報告摘要，以及作者簡歷等摘要方式進行記錄，具有口頭報告摘要集的特徵。 |

霍金的決定

您的引用的來源可靠嗎？

在博碩士研究生研究的階段，學生可能會採用各種研究的資源，來支持您在研究中的背景、問題、文獻回顧（文獻綜述）、方法和設計的理由，以及文檔中的其他資訊。

因此，您採用的文獻回顧資源，應該來自於同儕審查的期刊文章。其次，才是商業期刊文章、書籍、政府網站，以及該領域的專業組織和其他文章（國家圖書館博碩士論文／政府委託計畫研究報告）。

以下是我建議您常用的資料來源類型，以及這些類型的資訊。我列出這些資訊來源的可靠性或強度的建議，因此建議在您投稿的期刊論文中，說明引用這些來源的頻率。

同儕審查的期刊文章

在期刊接受文章發表之前，由這個領域專家進行盲審通過的審查文章。

審查的標準，在於您引用文章內容的相關性、嚴謹性，以及準確性等。因此，在博碩士班學生的訓練中，您引用的資料來源，應該是經過同儕審查（或是審閱）的期刊文章。您的引用，應該要依據這些資料，提供背景、問題、回顧文獻，以及證明方法和研究設計的合理性。

專刊論文是論文嗎？

專刊論文，指的是人文社會科學領域的國際學會出版的研討會論文選集。人文社會科學領域的國際學會因為審查標準嚴格，通常專書論文被賦

予很高的評價。

這是因為專書論文從研討會的論文，進行論文集遴選（Selected Proceedings）出版，並不是依據原有的研討會論文進行出版，而是從大量提交發表的論文中精挑細選出來的，並且根據口頭報告和修改，做為新完成的專書論文。這是因為人文社科出版委員會經過嚴格的同儕評審後，作為選集出版，並且考慮了作者聲望。

例如，國際比較文學協會（International Comparative Literature Association, ICLA）收錄了嚴格審查下倖存的代表性論文集。

以下就是一個最好的例子：Eduardo F. Coutinho, ed. 2009. *Beyond Binarisms: Discontinuities and Displacements* (Studies in Comparative Literature) Rio de Janeiro: Aeroplano.

什麼是灰色文獻（grey literature）？

如果您參考或是撰寫的論文，是一種灰色文獻（grey literature），例如工作論文、研究摘要、會議報告，或是政府機構的報告，請標記資料來源的作者姓名和標題的資訊。如果沒有這些線索可以查閱，將來您發表的作品，會淹沒在網際網路之中，也不會有其他研究者閱讀您發表作品的 PDF 檔案。

霍金決定投稿

08
哈佛教會我的論文改寫方法

期刊論文需要說清楚，講明白。因此，需要清楚的改寫（paraphrasing）一個概念，用自己的話說明白。

基本上，一篇成功的改寫，就是一種釋義。是您自己對於他人想法，進行解釋。

學術寫作中的釋義，是一種重新敘述、濃縮，或是澄清另外一位作者的想法的有效方式；同時，這也是強化您自己論文論點，或是強化分析，提高您論文期刊的可信度。

雖然成功改寫，對於學術寫作非常重要；但是無效的改寫，可能會導致無意之間抄襲他人的論文。

成功改寫的方法

1. 請重新閱讀您想解釋的原文，找尋一下您不認識的任何單字，可以藉由 Google 翻譯進行詮釋，您需要使用的電腦為雙螢幕電腦，一方面您可以閱讀英文原作；一方面您可以看懂原文的翻譯，直到您認為理解了作者期刊論文中，背後的全部涵義。

2. 接下來，請將這些原件都蓋起來。一旦您看不到文章之後，用您用自己的話寫下原作者的想法；好像您在向您的老師或同學解釋這一篇作品。

3. 寫完之後，請您對照原文，核對一下原來英文原作作者的想法。

論文改寫的範例

　　以下是作者可能在 Fang et al. (2021a) 論文中使用的原始來源，這些
文字先前改寫自 Fang et al. (2019) 作品，並且參考 Hepburn (2010) 的論
述，其實這兩句話已經有很大的差異：

While the rapid global economic growth in recent years has led
to many advance developments and benefits, it has also given rise to
increasing concerns about waste and its related effects on the environment.
As sustainable development becomes a major trend for international
environmental protection, waste recycling as part of an environmental
sustainability strategy has received considerable attention from various
environmental stakeholders such as international organizations, government
agencies, businesses, communities, and researchers in an attempt to
encourage, promote, and facilitate recycling behavior.

　　近年來全球經濟的快速成長，帶來了先端發展之利，但也引起了人們
對於廢棄物管理及其對於環境影響的關注。隨著永續發展成為國際環境保
護的重要趨勢，廢棄物回收為環境永續發展策略的一環，受到了國際組
織、政府機構、企業、社區，以及研究人員等各種環境利益相關者的廣泛

關注，以期鼓勵、促進，並且促進回收行為。

There have been increasingly significant efforts put into addressing global environmental challenges in the recent years by different stakeholders from varying levels (e.g. individuals, businesses, governments). While the governments are responsible for designing and developing environmental policies (either unilaterally or collectively in the form of international agreements), public servants are often tasked with implementing these policies (Hepburn, 2010).

近年來，來自各階層的利益相關者（例如個人、企業，以及政府）企圖解決全球環境問題的努力卓著。政府依據單邊或是國際集體協議規劃環境政策，公務人員則負責執行（Hepburn, 2010）。

引用（quoting）寫作的基礎

在社會科學學科中，您很少使用直接引用全文（quotation）。只有當您需要載明原始文獻的準確措辭，引述您使用的觀點，您才會納入全文引用的方式。運用作者自己的話，來解釋您的想法，當然是最好的方法；即使您在引用自己的想法，也是如此。

每一篇期刊文章，都有故事

09
為什麼不能重複自己的話

當您辛苦發表了一篇期刊之後，千萬不可以「重複發表」；也不能夠「自我抄襲」（self-plagiarism）。

所謂的「重複發表」，是指期刊重複發表了您過去已經發表論文相似，甚至語句雷同的作品。

這包含了您採用了相同的資料，重複發表了一篇作品。或是您利用相同的語句，在另外一篇期刊之中，又說了一遍完全相同的研究成果。

所以，您千萬不能在閱讀其他作者的作品，不可以一大段的摘抄；也不能依賴他人措詞和寫作的結構。

甚至，您在期刊中曾經發表過的作品，也不能夠在其他期刊中發表，這是學術生涯最大的忌諱。如果針對較長的段落，閱讀 Fang et al. (2020) 的論文，建議摘錄引用的重點如下。

Global weather changes and damage to the natural environment have severely threatened the survival of human beings and other species on Earth. This serious problem has provoked an awareness of environmental consequences and environmental protection behaviors among humans.

全球氣候變遷和對自然環境的破壞，已經嚴重威脅到地球上人類和其他物種的生存。上述嚴重的環境問題，引起了人類對於環境後果的覺知，以及對於環境保護行為的認識。

範例：Fang et al. (2020) 指出，環境問題引起了人類對於環境問題的後果覺知。

進行文章的整合

您要學會改寫與綜整（paraphrasing and synthesis），成為一篇新的文章。

學會綜整文獻，在學術期刊的寫作中，非常重要。因為整合是針對主題，進行綜合想法的一種組合方法。

綜整文獻和最後對於文章的總結不同。此外，綜整（synthesis）、摘錄（summary），以及改寫（paraphrasing）也是不同的。

什麼是綜整（synthesis）、摘錄（summary），以及改寫（paraphrasing）？

中文	英文	如何做呢？
綜整	synthesis	請您運用自己的句子結構，針對綜整或改寫之後文字的細節，進行進一步的解釋。
摘錄	summary	請概述閱讀一篇文章之後，您認為句子結構中，最重要的訊息。因此，這包含您對於文章中的想法，或是文本的簡要描述。
改寫	paraphrasing	請用您自己熟知的句子結構，表達一段特定的段落或是想法。

範例：

從改寫 Fang et al. (2019) 作品，再參酌 Fang et al. (2021a) 論文中使用的原始來源，Huang et al. (2022) 進行原始期刊論文來源的綜整。

The ecological environment is being damaged by rapid industrial development over the past few decades. However, people have begun to attach importance to environmental sustainability after experiencing the effects of pollution, climate change, and eco-catastrophes. The concern of humans towards the environment requires not only reducing pollution or saving resources but also paying more attention and developing a higher degree of environmental literacy (Huang et al. 2022).

　　過去的幾十年，工業快速發展對於生態環境造成破壞。然而，人們開始重視環境問題。在經歷了污染、氣候變遷，以及生態災難的影響之後，人類開始強調環境永續性。人類對於環境的關注，不僅需要減少污染或是節約資源，還需要更加關注和培養更高層次的環境素養（Huang et al. 2022）。

10
學術論文的誠信

學術研究講求行為道德的究責。

學術誠信需要對於誠實、信任、公平、尊重、責任和勇氣等基本價值觀，進行學術承諾。我們從這些價值觀出發，定義了道德學術行為，創建了教授之間學習和交流思想的平臺。在民主國家，每一個人都可以自由表達意見，但是需在原則上，進行對於人的一種尊重。

在西方國家，學術英語的標準是在轉述之後，應該提供引文，以註明出處來源。因此，面對英文的寫作方式，我們強調誠信寫作，是希望作者採用自己的語言，運用讀書之後的自我認知內化，重新表述自己的想法，同時也提供原始來源的作者資訊，提供一種擔保型的書寫信用，以及作者的使用證據。

因此，運用學術寫作的核心特徵，希望您採用期刊論文的證據，進行論證書寫。您必須學會如何將其他研究者的文章、博碩士論文，以及精彩的論述，融入您自己撰寫的文章之中。

「誠信寫作」：給予自己和他人的信任

如果我們改寫其他作者的文章，需要對於他人想法，進行詮釋。學術發展的目標，是希望提供平臺，讓更多的人對於作者的思想進行學術討論，並且探討原作者的觀點，以歸納、總結、綜合，甚至擴展原創作品中的論述。

西方學術在英語寫作的標準，是進行轉述，並且提供引文，以註明出處來源。這並不是東方文化中，孔子所說的：「子曰：『述而不作，信而好古，竊比於我老彭。』」《論語・述而》這一種寫作風格。東方文化對於書寫版權，向來不重視。

所以我能夠理解，為什麼「誠信寫作」那麼困難。因為您需要採用自己的話進行寫作，並且確保不會無意中誤導讀者任何不是原作者自己的想法。

誠信寫作，是用作者採用自己的語言，以理解原作者想法，並且重新進行表述，同時也為原始來源提供出處。

未經授權的來源示例

下面的範例可用於了解如何整合前人研究的證據，並且提供資料來源出處。在寫作過程，需要適度引用，以創造原創材料的寫作，並且避免任何潛在的剽竊問題。這是 Google 圖書搜索的螢幕截圖，可以在網路上找到文本：

在針對螢幕截圖中（Fang 2005），查詢這一本博士論文，A Landscape Approach to Reserving Farm Ponds for Wintering Bird Refuges in Taoyuan, Taiwan，我以色字突出顯示的重複搜索詞組，表示在這一個示例之中，有多段是重複出現的句子。

2005 年的資料來源：https://oaktrust.library.tamu.edu/bitstream/handle/1969.1/3984/etd-tamu-2005A-RLEM-FANG.pdf？sequence=1

Fang（2005:133）博士論文原作

The **weightings** connecting from neuron **one** to neuron **four were** denoted as wji. **The output of** each neuron **was** calculated based on the amount of stimulation it received from the given input vector, xi, **where xi was** the input of neuron i. The net input of a neuron **was** calculated as the weights of its inputs, and the output of the neuron **was** based on some sigmoid function which indicated the magnitude of this net input（Fang 2005:133）.

從神經元 1 到神經元 4 的權重表示為 wji。每個神經元的輸出，是根據從給定的輸入向量 xi 接收到的刺激量來計算的，其中 xi 是神經元 i 的輸入。神經元的淨輸入被計算為其輸入的權重，並且神經元的輸出基於 sigmoid 函數，該函數指示該淨輸入的大小（Fang 2005:133）。

Kuo et al.（2007:173）期刊論文

The **weights** connecting from neuron i to neuron j **are** denoted as wji. Each neuron calculates **its output** based on the amount of stimulation it receives from the given input vector xi; xi **is the input of neuron i.** The net input of a neuron is calculated as the weighted **sum** of its inputs, and the output of the neuron is based on some **active function,** which indicates the magnitude of this net input（Kuo et al. 2007）.

從神經元 i 連接到神經元 j 的權重表示為 wji。每個神經元根據從給定輸入向量 xi 接收到的刺激量計算其輸出；xi 是神經元 i 的輸入。神經元的淨輸入計算為其輸入的加權和，並且神經元的輸出基於活動函數，該函數表示該淨輸入的大小（Kuo et al. 2006:173）。

採用未經授權的來源，應該積極修改段落。請注意第三句末尾添加的括號，請新增引用（Fang 2005），應該要引用 Fang（2005:133）博士論文，並且進行全文改寫。

你要有原創的作品

11

閱讀《科學家寫作指南》

　　2006 年，我參加了國立臺灣大學土木學系李鴻源教授主辦的國際生態工程及水利技術研討會，進行論文發表，開始專注於期刊論文寫作。因為，動作再不快一點，我在 2005 年 5 月，用英文撰寫的博士論文全球網路開放取用（open access，簡稱 OA），以及在 2006 年 6 月用英文撰寫的國際生態工程及水利技術研討會論文，快要被人抄光了。

　　因為 Kuo et al.（2007）的文章，取材自我在德州農工大學 2005 年畢業的博士論文（Fang 2005）。重複率過高，我會建議這一篇文章，應該重新改寫，並且引用我的博士論文。

　　我想到學術論文的誠信。

　　斯蒂芬·赫德（Stephen Heard）在 2016 年寫了一本《科學家寫作指南》（*The Scientist's Guide to Writing: How to Write More Easily*）。這一本書在寫作過程之中，希望研究者培養良好的寫作習慣。他認為現代風格的科學寫作方式，改變了人類交流知識的途徑。因此，科學家透過寫作的明確目標，應該將想法提供給廣泛的科學界，並且尊重他人的研究和發表。

您的觀點是什麼？

　　您在撰寫論文陳述時，需要在論文第一段的末尾。您需要說明在您的文章之中，想要表達的中心主張是什麼。也就是說，一篇投稿成功的論文陳述，只是由一兩句話所組成。您必須清楚地闡述您的中心思想，並針對您的研究問題，提出合理的答案。

為什麼您的論文都沒有人引用？

　　當讀者第一次看到您的論文時，通常透過 google scholar 檢視論文標題，甚至檢視論文片段（snippet）。當 google 顯示標題，也許幾行文本。如果標題看起來很無聊，那麼讀者很可能會忽略，甚至不想閱讀期刊中的摘要。如果讀者發現論文是開放取用的，那麼有讀者就會下載，或是引用。

閱讀文本之後請開始寫作

　　當讀者閱讀了您寫作的文本之後，進行期刊論文的 PDF 檔案存檔。他們很少會在上面做筆記了。現在的問題是：讀者是否會在自己的專業期刊中，引用您的作品？是否他們對您的作品記憶會模糊不清？因此，清晰的標題，可以提高讀者正確記住您的論文，並且進行正確引用。

寫作的要領（Heard 2016）

1. 科學作家最重要的目標是寫得清楚。
2. 清晰的寫作，有助於科學的進步，有利於讀者閱讀；最重要的是，更有利於作者。
3. 寫不清楚的文章，不可能發表，沒有人要閱讀，甚至也不會被引用。
4. 為了提高科學寫作，而學習的寫作技巧，適用於任何職業。

自然科學和社會科學學術文章之間的結構差異不大

	實證型科學學術文章架構	實證型社會科學與管理學文章架構
1	摘要（Abstract）	摘要（Abstract）
2	緒論（Introduction）	緒論（Introduction）
3	文獻回顧（Literature Review）	文獻回顧（Literature Review）
4	研究目的（goals）	研究目的（goals）

	實證型科學學術文章架構	實證型社會科學與管理學文章架構
5	研究假說（hypothesis）	研究假說（hypothesis）
6	實驗細節（Experimental Details）	方法論（Methodology）
7	實驗結果（Findings）	調查結果（Findings）
8	結果與討論（Result & Discussion）	分析與詮釋 （Analysis & Interpretation）
9	結論／建議 （Conclusions/Suggestions）	結論／建議 （Conclusions/Suggestions）
10	引用文獻 APA／溫哥華引用文獻風格	引用文獻 MLA／APA／芝加哥/哈佛引用文獻風格

對於夫妻都是學生而言，愛情就是生活的100%

12
請開始期刊論文的寫作順序

您的期刊論文的撰寫順序，和博碩士論文所呈現的順序不同。以下程序請您參考。

	過程	方法
A	進行邏輯論證	1.請用數字來說明您的論點。 2.請說明論證的背景（緒論）：請描述要在論證中使用的資訊，並且提出論證的觀點（請您仔細觀察），連接關於資訊的觀點（分析），並且進行總結（結論）。
B	撰寫組織章節	1.請說明您的論文中主要元素：組織您的章節。 2.請組織段落、句子，以及單詞。
C	撰寫背景	緒論。
D	撰寫研究方法	1.蒐集數據之前，寫下實驗細節/方法論。 2.蒐集數據之後，立刻執行操作。 3.寫下對於研究設備、器材，以及儀器校準的描述。
E	製作數據的圖和表	1.當您有一些數據時，開始製作數據的圖和表。 2.當您的圖表，顯示趨勢時，您就完成了研究。請針對您的結果，進行統計測試。 3.一旦您有了完整的圖表和統計檢驗，請依據邏輯順序排列圖和表格。 4.請寫下圖表的標題。 5.標題應該可以獨立解釋圖表和表格。 6.許多科學家只會閱讀期刊論文的摘要、圖形、圖形標題、表格、表格標題，以及結論。
F	請撰寫結果	請描述您的結果，但請您不要進行解釋。

	過程	方法
G	請撰寫討論	1.寫完結果之後，請撰寫討論。請談論您對數據的想法，請畫出示意圖，展現想法。 2.請充分討論其他學者的期刊論文，如果他們的方法論有缺陷，請進行評論。
H	請撰寫結論	1.討論完數據後，編寫結論。 2.請採用討論部分中，提到的想法，並嘗試以結論進行結束。 3.如果需要排除某些假設，請在結論中說明。 4.如果需要更多的後續工作來獲得明確的答案，也請說明。
I	請撰寫建議	1.論文的最後一部分是建議。 2.請在本節中，為後續研究，或是應該採取的政策行動，提出建議。 3.完成建議之後，請回顧一下您原來撰寫的緒論。您的緒論應該在論文中，進行一項理論假說的規劃，以奠定論文的結論基礎。現在您已經知道論文的主要內容，您可能需要重寫緒論。
J	撰寫摘要	最後撰寫您的摘要。

爲學要如金字塔，要能廣大要能高；寫作要像沙漏斗，要能方法精粹！要能推論宏觀，觸類旁通。

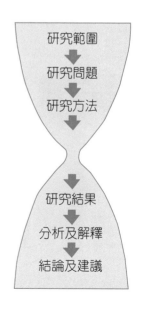

13
請開始繪製期刊論文的圖表

圖形（Figures）和表格（Tables）

實際的圖形和表格，應該插入在文本之中，通常插入在文本中，第一次引用圖形／表格的頁面的下一頁。

文本中所有圖、表，都應該要編號，並且依次引用，例如圖1、圖2、表1、表2等。

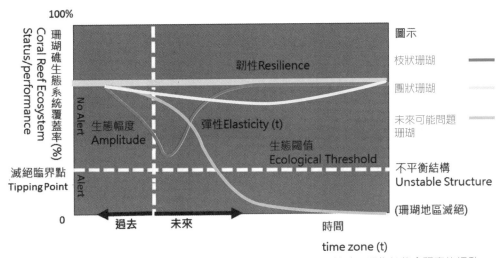

圖1 從Future Earth所揭示的co-design、co-product、co-delivery 精神，深化於整合研究的行動研究，了解珊瑚礁的復育機制。本圖以臺灣北海岸常見的珊瑚進行說明，形成本研究之假說。綠線部分表示枝狀珊瑚，枝狀珊瑚包括：細枝鹿角珊瑚（*Pocillopora amicornis*）、彎柱珊瑚（*Stylophora pistilllata*）、芽枝軸孔珊瑚（*Acoropora gemmifera*）、指形軸孔珊瑚（*Acoropora digitifera*）、小叢軸孔珊瑚（*Acoropora verweyi*）、桌形軸孔珊瑚（*Acoropora hyacinthus*）。（本研究繪製）

包括每個圖和表的標題，引用的結構方式，請參考引文（citation）、數據來源等，請在圖表之中，表達您的關鍵發現。包括您必須要顯示和命

名您在期刊論文中，討論的所有位置的地圖。鼓勵您自己製作圖形，包括說明的示意圖，或是草圖。

圖形（Figures）和表格（Tables）

請將文本綁定到數據

本計畫依據聯合國 2021 年至 2030 年「海洋科學促進永續發展十年」計畫，以及聯合國永續發展目標（UN Sustainable Development Goals, UN SDGs）、臺灣永續發展在地需求相關性，以及永續科學研究之貢獻，規劃三年期三個時間點的珊瑚調查，進行潛水者長期追蹤，並配合三次的海洋教育課程規劃進行實驗教學（圖2）。

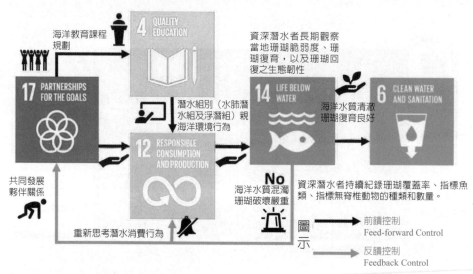

圖2　本研究符合US SDGs，建構整體海洋素養和珊瑚礁調查研究（本研究繪製）。

本計畫將探討國內潛水者個人背景因素對於海洋科學知識（marine science knowledge，簡稱 MSK）之差異，探討不同教學組別（實驗組及對照組）（實驗組及對照組依租賃水肺潛水者進行實名紀錄）、潛水組別（水肺潛水組及浮潛組）之不同層次之親海洋環境行為（marine pro-environmental behavior），評估其整體海洋素養（ocean literacy）的影響。

14

請採用數據紀錄

在最理想的情況之下，您在投稿的文本中所撰寫的每一項結果，都應該以表格或圖形的形式，呈現您的數據。如果您沒有提供數據來支持所有給定的結果或是觀察陳述，請考慮您應該新添加更多的數據，或刪除不受支持的觀察（observation）。

學生沉迷手機上網，造成網路手機成癮，導致生理健康、心理健康、學習成績，以及人際關係造成負面的影響。此外，網路成癮對於戶外教育和環境教育的傷害。在臺灣，成癮與非成癮學生的個人規範、社會規範、知覺行為控制，以及親環境的行為，都有很顯著的差異（Fang et al. 2021b）。

Fang, W.-T., Ng, E., Liu, S.-M., Chiang, Y.-T., & Chang, M.-C. (2021). Determinants of pro-environmental behavior among excessive smartphone usage children and moderate smartphone usage children in Taiwan. *PeerJ* Retrieved from https://peerj.com/articles/11635/

檢查與結果有關的圖形或表格。

請您評估：

1. 數據是否支持文字的說明？

2. 數據是否與文本陳述互相矛盾？

3. 數據是否不足以證明，或是會反駁原來文本的敘述？

4. 數據可能會支持文本陳述，但是呈現方式不佳；您需要在數據圖中，仔細看到這一種支持假設的趨勢，並且還要撰寫清楚。

結果範例

　　調查結果顯示，過度和適度使用智慧型手機的兒童，在個人規範（p < 0.001）、社會規範（p = 0.002）、知覺行為控制（p = 0.001）和環保行為（p = 0.001）面向，存在顯著差異。對於過度使用智慧型手機的兒童的調查結果表明，社會規範（β = 0.428, t = 4.096***, p < 0.001）對於親環境行為有直接的預測影響。相較之下，雖然個人規範和環保行為之間沒有直接的路徑關係（β = 0.177，t = 1.580，p > 0.05），但是對於適度使用智慧型手機的兒童來說，社會規範和環保行為之間的關係存在（β = 0.181, t = 1.924, p > 0.05），上述關係可以透過知覺行為控制的中介效應來說明（β = 0.497, t = 4.471***, p < 0.001）。（Fang et al. 2021b）

　　Findings revealed significant differences between excessive and moderate smartphone usage children groups in personal norms (p < 0.001), social norms (p = 0.002), perceived behavioral control (p = 0.001), and pro-environmental behavior (p = 0.001). Findings for excessive smartphone usage children showed that social norms (β = 0.428, t = 4.096***, p < 0.001) had a direct predictive impact on pro-environmental behavior. In contrast, while there was no direct path established between personal norms and pro-environmental behavior (β = 0.177, t = 1.580, p > 0.05), as well as social norms and pro-environmental behavior for moderate smartphone usage children (β = 0.181, t = 1.924, p > 0.05), but such a relationship could be developed through the mediating effect of perceived behavioral control (β = 0.497, t = 4.471***, p < 0.001). (Fang et al. 2021b)

第六章

群魔亂舞

您該出版作品了

當您是一位研究者，辛勤撰寫學術文章時，您的目標是免費撰寫，免費將您的發表投稿給「跨國學術出版公司」所出版的國際期刊。讓您的作品經過審查，在國際期刊中免費刊登。

在網際網路和線上開放取用之前，這些出版模式都是對的。您需要發表作品，尋找合適的出版商，以發表學術論文。在國際上，將類似的主題，以書寫文章的形式進行，通過嚴厲的審稿編輯過程，並且出版商定期出刊，稱爲一本學術期刊論文（Journal paper）的出版過程。

學術期刊出版商，將您撰寫的論文，邀請審稿者檢查文章的品質（包含語法、內容新穎性、是否抄襲，並且檢查格式），用最嚴格的標準審查，通過檢查過程，來檢視文章是否可以發表。

在網際網路（互聯網）和各種應用軟體出現之後，檢查語法錯誤（語言品質）、抄襲檢測（原創性），以及將文章刊登系統性格式化，已經變成了一種常規，讓學術文章出版變得更容易，文章的作者也可以單獨處理這些格式，運用排版系統處理出版事務。

期刊出版商太多了

大多數學生在上大學時，熟悉閱讀教科書和網站，但是不一定熟悉閱讀期刊出版物。大學教科書通常是學生閱讀的主要來源；但是隨著進入研究生學習階段，您應該利用期刊出版物中的文章進行研究，而不是依賴教科書。

期刊出版物（journal publications）包括經過同儕評審的論文（papers）。期刊中的任何文章，都經過該領域的研究人員或研究者小組，根據嚴格的標準進行審查。

博碩士論文的作業

1. 學習確定一系列有用，而且和您研究主題直接相關的期刊出版物。
2. 在您學習的作業中，您需要上網下載一系列研究期刊文章，來發展您對於特定主題的討論。

夫妻的談話

名門正派PK邪魔歪道

國際上著名的跨國出版商，在不同學科出版大量的期刊。

我通常稱為這些出版商，為國際期刊跨國出版市場大玩家（big player）。

出版商控制了國際重要學術的出版，同時也控制學術出版的壟斷地位。藉由糾察隊，也就是糾舉掠奪性出版商／期刊（predatory publishers/journals）的獵手（hunter for predatory publishers/journals），藉由刊登劣等期刊出版商名稱，阻止新型學術出版物進入這一場期刊發表的商業和政治遊戲（paper game）的行列，並且將其他期刊出版商，打入掠奪性期刊的行列。

期刊大玩家PK掠奪性期刊

1. 跨國出版商的期刊，納入 Scopus 和 Web of Science 索引，以上 Web of Science 有下列類型，包含了 SCI（包含了 SCIE）、SSCI、A&HCI、ESCI。只要不是納入 Scopus、SCI（包含了 SCIE）、SSCI、A&HCI、ESCI 的發表作品，都不會受到學界所重視。

2. 新型出版商的期刊，創建新型的出版領域，很可能成為掠奪性出版商。國際上著名的跨國出版商啟動了期刊索引數據庫，並且阻止了新型期刊玩家進入期刊索引數據庫，並且稱為新進入出版的學術期刊為掠奪性期刊。

龐大的出版商機：跨國國際出版商

	中文	英文	期刊數量	年收入（revenue）
1	愛思唯爾	Elsevier Journals	2,650	26.4億英鎊（2019 年）
2	施普林格	Springer-Verlag	2,900	17.2億美金（2019年）
3	約翰威立	John Wiley & Sons	1,600	18.31億美元（2019年）
4	泰勒和弗朗西斯	Taylor & Francis	2,700	5.59億英鎊（2019年）
5	賽吉	Sage Group PLC.	1,000	2.1億美元（2019年）
6	德格魯伊特	Walter de Gruyter	650	8486萬美金（2020年）
7	英德科學	Inderscience Publishers	428	1200萬美金（2020）
8	欣達維	Hindawi Publishing Corporation	230	2130萬美金（2018）
9	劍橋大學出版商	Cambridge University Press	380	3.36億英鎊（2020年）
10	牛津大學出版商	Oxford University Press	450	8.4億英鎊（2019年）
11	翡翠	Emerald	300	1.11億美金（2020）
12	多學科數字出版協會	MDPI	386	1.91億美金（2020）

開店，不是壞事。

你將來希望孩子回臺灣開咖啡店？

當初叫他們唸國內研究所不要，卻要唸什麼長春藤名校。學費太貴了！

孩子出國唸書要錢。出國唸書，回來開咖啡店。行行出狀元。

你要賣房子呀？

怎麼可能？

但是孩子都在美國唸書，會搞到我們退休都沒錢了。

行行出狀元，沒有錯。

都還沒有出生。

想當初，我去英國唸書，物價已經貴到爆。

我記得誰說過？全世界最有錢的人，到現在……

我才想到，當年我們出國唸書時，連祖克柏都還沒有進哈佛。

03

好的期刊發表？

　　目前嚴謹審查過程的期刊，並且受到科學引文索引（Science citation index, SCI）和社會科學引文索引（Social science citation index, SSCI）認可的期刊，在國際上才公認為是頂級的發表。

　　但是，我認為在期刊撰寫的過程當中，只有以新穎知識進行發表，才是有價值的發表。

　　在過去，因為出版商負責投稿內容的編輯，包括語法使用、採用剽竊系統檢查，以確保期刊論文的原創性、新穎性，並且以出版的形式發布，並提供給全球大學的圖書館進行檢閱，當時研究者以納入 SCI、SSCI 期刊，才認為是好的期刊論文發表。

什麼是SCI、SSCI？

| 科學引文索引 | SCI
（Science citation index） | 創刊於1963年，是美國科學資訊研究所出版的一部世界著名的期刊文獻檢索工具。SCI收錄全世界出版的數、理、化、農、林、醫、生命科學、天文、地理、環境、材料、工程技術等自然科學期刊索引。從1900年至今，索引數據庫涵蓋178個學科的9,200多種著名的期刊。由於嚴格的篩選過程，這些期刊也被稱為世界領先的科技期刊。目前為科睿唯安（Clarivate Analytics，原湯森路透智慧財產權與科技事業部）進行管理。 |

社會科學引文索引	SSCI（Social science citation index）	為美國科學情報研究所（ISI）建立的綜合性社科文獻資料庫，涉及經濟、法律、管理、心理學、區域研究、社會學、資訊科學等。依據期刊品質標準和影響力標準，挑選出最具影響力的期刊，收錄包含3,400多種社會科學學科的期刊。目前為科睿唯安（Clarivate Analytics，原湯森路透智慧財產權與科技事業部）進行管理。

什麼是國際科學索引（international scientific indexing, ISI）？

國際科學索引 ISI 服務器，提供主要國際期刊和論文集的索引。這個索引的目的，是要提高學術期刊的知名度和易用性。

如果您的期刊已經被索引，並且獲得 ISI 的認證，您可以請求計算期刊的影響因子。

被 Web of Science 收錄的期刊，通常被稱為 ISI 期刊。ISI 是指科學資訊研究所，開發並製作了科學引文索引（SCI）、社會科學引文索引（SSCI）和藝術與人文引文索引（A&HCI）資料庫。如果要檢查您投稿的作品，是否在 ISI Web of Science 中被索引，您可以登錄網址 http://mjl.clarivate.com/。

登錄之後，您只需按期刊全名或是採用 ISSN 號進行搜索。

搜索結果將顯示您的目標期刊是否被 SCI、SSCI、SCIE、ESCI、A&HCI 索引。

查詢期刊的影響因子Impact Factor

1. 登錄網址 http://mjl.clarivate.com/。
2. 查詢期刊名稱。
3. 出現影響因子（Impact Factor）的數值。影響因子包含了近年來的數值變化。如果想查詢其他年份的各項指標數據、歷年排名，請點選 View all years。
4. 查閱期刊影響因子在所屬領域中的排名，分成 Q1-Q4 四個等級，前 25% 屬 Q1；25%-50% 屬 Q2；50%-75% 屬 Q3；75%-100% 屬 Q4。

04

真的期刊點數都是論斤秤兩嗎？

　　學界有一句話，不是出版就是毀滅（publish or perish）。

　　如果沒有發表的期刊，列在科睿唯安（Clarivate）國際科學索引 ISI 服務器的 Q1-Q4 四個等級，基本上在大學中的評鑑和升等，就很難爭取評鑑通過或是順利升等；有些國立大學排名前面的科系，如果在 ISI 服務器的系統當中，如果沒有爭取到前 25%（Q1），或是 25%-50%（Q2）的期刊發表，就很難爭取到特聘教授或是優聘教授的升等排名，甚至在中國大陸拿不到國家自然科學基金委員會（National Natural Science Foundation of China）的申項計畫。

　　基本上目前學校升等，都是參考科睿唯安（Clarivate）衡量期刊中平均論文被引用的次數，稱為影響因子（Impact factor, IF）。

影響因子（Impact factor, IF）
　　期刊影響因子每年由科睿唯安分析（Clarivate Analytics）發布，針對特定期刊中一篇平均論文在過去兩年中被引用次數的衡量。
例如：
A = 2020 年和 2021 年在特定期刊上發表的文章在 2022 年被期刊引用的次數。
B = 該期刊在 2020 年和 2021 年發表的可引用篇數（Citable items）總數。（可引用篇數，通常是指文章、評論、會議記錄等；不含社論或致編輯的信函。
2022 年影響因子 ＝ A/B。

為什麼不可以相信其他的點數？

　　在論文期刊中，我們引用了科睿唯安分析（Clarivate Analytics）發布期刊引證報告（Journal Citation Report, JCR）影響因子（Impact factor, IF），JCR 影響因子是目前使用最廣泛的期刊指標。

　　2016 年 12 月愛思唯爾推出 Scopus 發布引用分數（CiteScore），包含了 SCImago 期刊和國家排名（SCImago Journal Rank, SJR）指標，用於衡量學術期刊的科學影響力，說明期刊引用的次數，也能說明引用來源的期刊的重要性或聲望。期刊的 SJR 指標是一種數值，代表 Scopus 索引的在當年及過去三年共四年期間，該期刊發布的期刊文章，獲得的加權引用的平均數。SJR 指標值越高，表示期刊聲望越高。

評分標準	Impact factor, IF	CiteScore
評估期（年）	2	4
使用權	訂閱用戶	任何人
資料庫	JCR	Scopus
評估項目	文章、評論	所有出版物

什麼是期刊點數？

名稱	英文名稱	單位	依據	計算方法
影響因子	Impact factor	Clarivate Analytics	ISI（科學引文索引（SCI）、社會科學引文索引（SSCI），以及藝術與人文引文索引（A&HCI）資料庫）	根據期刊引證報告（Journal Citation Report, JCR）二年中期刊被引用的次數，除以可以引用期刊總篇數，進行排名。

名稱	英文名稱	單位	依據	計算方法
引用分數	CiteScore	Elsevier	Scopus	根據當年及過去三年中可引用的期刊引用的次數，除以同樣這四年之內在Scopus中建立索引並出版之相同文獻類型的數量，進行排名。

你不覺得，期刊都在玩數據？

新指標的納入：我們不一定是候選！

　　科睿唯安分析（Clarivate Analytics）發布期刊引證報告（Journal Citation Report, JCR）影響因子（Impact factor, IF）改為線上版後，由於收錄期刊數增加，更名為 SCIE，當中的 E 即為 Expanded。SCIE 和 SCI 的期刊評選收錄方式都很嚴格，過去 SCI 以光碟版發行，目前 SCI 和 SCIE，都用網路版本發行。

　　那麼，什麼是 ESCI 呢？科睿唯安分析（Clarivate Analytics）在 2015 年推出 Emerging Sources Citation Index（ESCI），新增了 7,800 種期刊，稱為新興資源引文索引資料庫。

候選期刊

　　ESCI 是 SCIE, SSCI, A&HCI 的候選期刊，如果期刊納入 ESCI，很大機會將納入 SCIE, SSCI, A&HCI。

The Engineering Index (EI)：工程索引資料庫

　　Engineering Index（簡稱 EI）於 1884 年由美國教授 Dr. John Butler Johnson 創立。1918 年，美國工程學會（American Society of Mechanical Engineers, ASME）認證 EI，於 1969 年發展為 COMPENDEX，查詢工程方面期刊論文、會議論文、技術報告。COMPENDEX 於 1995 年被收錄於當時

剛推出的 EngineeringVillage.com 線上檢索平臺內。1998 年，COMPENDEX 被愛思唯爾併購。Engineering Village 的原名為 Ei Village，後來改名為 Engineering Village，提供研究人員查詢各類工程相關資訊，系統內容包括上面所提之 COMPENDEX、NTIS、GeoBASE、Referex Engineering、INSPEC 等資料庫檢索。因此，嚴格而論，一般所謂被 EI 收錄，專指 COMPENDEX 資料庫收錄。

Arts & Humanities Citation Index (A&HCI)：藝術與人文科學引文索引

A&HCI 在 1976 年創立，是藝術與人文科學領域相當重要的期刊文獻索引資料庫。根據科睿唯安數據顯示，A&HCI 目前共收錄 1800 種期刊，內容包括考古、建築、藝術、哲學、宗教、歷史等人文和藝術領域。

所有的研究，從學習到成長，都是方案評估

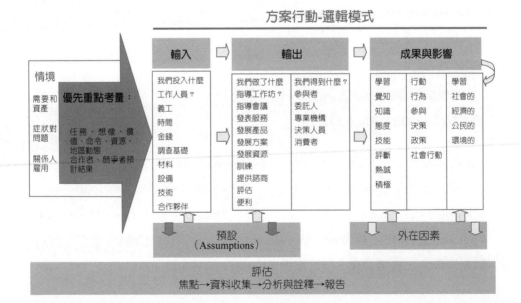

「期刊閱讀者」該付費嗎？

　　傳統的國際上著名的跨國出版商，在不同學科出版大量的期刊。您必須通過查閱費用，例如學校圖書館通過付費訂閱、網站授權條款，或是個人按次計費，來收取期刊的費用。

　　因此，研究者經常抱怨查不到期刊、圖書館館長經常抱怨跨國出版商貪得無厭，收取高昂的期刊權利金或下載費用；商業出版商和編輯人員也會抱怨有研究者將蒐集到的期刊內容，免費大放送，侵害出版商獲利金額。這些跨國的期刊大玩家開始興訟提告。

　　然而，研究者需要閱讀期刊，以確保知識進步，但是面對跨國的學術出版市場，全球大學圖書館都面臨無力負擔高昂期刊權利金的費用。

　　期刊出版商販賣研究成果獲取利潤的商業模式，對研究者不公平；因此，開放取用（open access, OA）或稱為開放取用的新型期刊商業模式產生。在開放取用的出版模式中，期刊出版商向研究者或是其所屬大學索取文章處理費，刊出後的論文，免費提供給所有人使用。

　　然而，提供開放取用的各種方式的經濟因素和可靠程度，仍在爭論。開放取用，是指不經過限制，但是在同儕評審的學術研究的線上發表。開放取用主要針對學術期刊文章，但也提供研討會論文、書籍專章，以及學術專門著作。

　　但是，許多研究者仍對於期刊訂立的高昂文章處理費用感到不滿，認為在學術上所產出的學術貢獻，變成無償勞動，成為出版商獲取高額利潤的來源。

「期刊刊登者」該付費嗎？

　　如果在撰寫期刊登中，被期刊刊登，通常期刊不會收取發表費用。一般來說，在國外高水準的訂閱式期刊，通常不會收取投稿人任何發表費用，因為圖書館支付跨國的學術出版商高昂期刊訂閱費。

　　國外學術論文發表費用，向投稿者收取。很多高水準的國外期刊在開放取用的出版選項上，向作者收取論文處理費（article processing charge, APC）。這是跨國的學術出版出版商轉向的結果，用以彌補論文採取開放取用之造成的損失。

論文處理費（Article Processing Charge, APC）誰該支付？

　　在論文處理費的政策下，網路出版商的本意，是需要投稿者用科技部和學校的科學研究基金來支付，但是很多投稿者都是窮研究生，事實上沒有科研基金的支援。

07
「期刊審稿者」應該是免費義務嗎？

　　為了保護學術自由和學術公平，研究者自願擔任了期刊審查的審稿者（reviewer）。

　　國外的期刊，通常沒有提供審稿費。國內也有許多學者，接到國際期刊的審稿通知，不願意擔任審稿者。

　　同儕評審的審稿者，都是免費義務進行期刊審稿。但是，這對於審稿學者專家來說，其實這都是不公平的，因為付出了時間審查和進行腦力勞動。

　　當「期刊審稿者」收到期刊編輯的邀請，進行同儕評審。SCI 和 SSCI 期刊的審稿時間，約為 21-28 天，但是通常「期刊審稿者」能夠準時審完稿件者不多。

國內期刊的審稿費

　　國內的期刊通常都向投稿者收取審稿費，同儕審查的審稿專家提供有償的服務；或是得到期刊的報償。實際上，審稿者都應該收取腦力的勞動報酬，但是審稿費用，應該由出版商從營收利潤中支付審稿費用，而不應該向投稿者收取費用。

期刊出版商向「期刊作者」收取論文發表費用

　　大多數採用傳統訂閱模式的 SCI、SSCI 期刊不會向作者收取任何發

表費用。採用 OA 模式的期刊，由於「期刊閱讀者」免費閱讀，並且損失了圖書館訂閱資料庫銷售收入，基本上在商業模式之中，只能向「期刊作者」收取高額的論文處理費作為補償。

除了論文處理費（Article Processing Charge, APC）之外，您還可能要繳交下列的費用

　　期刊發表費用包括論文處理費（APC）、版面費（page charge）、彩圖費（color charge）。國外收費期刊的收取論文處理費高達 5000 美元，有時甚至《自然》雜誌的收費高達 9500 歐元，這些費用涵蓋審稿、編輯加工、排版、網路伺服器維護，以及文檔存儲等費用。此外，紙本論文收取版面費，從每頁 10 美元到 150 美元；彩色插圖需要收費，每頁高達 575 美元。

08

虛假的期刊因子？

影響因子，是衡量期刊中刊登文章在一定時間段之內，被引用的頻率的指標。因此，影響因子包括了引文分析的科學計算。在學界公認較為完整的正統學術期刊資料庫，為 Scopus 和 ISI Indexing（SCI、SCIE、SSCI、A&HCI、ESCI）。

如果是為了爭取開放取用（open access, OA）期刊進行排名，應該要積極爭取在「期刊引文報告」（Journal Citation Reports, JCR）和「SCImago 期刊和國家排名」（SCImago Journal & Country Rank）進行排名。

我後來發現，全球影響因子（The Global Impact Factor, GIF）、環球影響因子（Universal Impact Factor, UIF），以及引用因子（Citefactor），這些虛假的指標，具有誤導性。

我檢查了這些影響因素所使用的標準，了解這些是虛假指標，是否為了改善期刊評估機制，為了制定新型的標準而做的努力。我發現這些方法不可複製，評估方法不可靠，或是不透明。2012 年全球影響因子（The Global Impact Factor, GIF）、2013 年環球影響因子（Universal Impact Factor, UIF），以及引用因子（Citefactor）混入到學界，號稱是魚目混珠的引用因子。

名稱	英文名稱	單位	依據	號稱計算方法
引用因子	Citefactor	無法查證	無法查證	針對開放取用期刊，藉由提高開放取用科學和學術期刊的知名度和易用性，促進增加期刊使用和影響。

真的有掠奪性期刊嗎？

任何未經嚴格審查的期刊，就是掠奪性期刊（Predatory Journals）。

期刊出版物資料來源豐富，期刊出版商出版的宗旨，在於不斷挑戰，並且建立學科領域的新知識。所以，掠奪性出版商／期刊（Predatory Publishers/Journals）利用研究者急於發表著作，以爭取升等或研究預算的心態，利用網站，或是電子郵件詐騙手法吸引研究者投稿，並且以網路開放取用，進行期刊出版。

檢測掠奪性期刊指南

1	虛假的資料庫	宣稱資料庫中納入索引：例如，Google Scholar 、PubMed Central (PMC)、WorldCat®、ResearchGate、doi®、ISSN、IJIFACTOR、EMBASE、DOAJ、EBSCO，但是這些都不是正統的期刊索引資料庫。
2	缺乏同儕審查	期刊缺乏嚴格品質把關的標準，例如同儕審查。
3	缺乏引文資料庫	期刊網站宣稱的影響因子是假的。例如：有一種虛假的期刊索引目錄（CiteFactor）。
4	缺乏出版商位置	缺乏出版商位置或是披露虛假位置（例如：個人住所或虛擬辦公室）。
5	虛假開放取用	在開放取用的誘惑下，收取出版費用，但是期刊保留版權。
6	缺乏出版政策	期刊缺乏關於剽竊（plagiarism）、數據完整性（data integrity）、作者身分（authorship）、知情同意（informed consent）、研究倫理委員會（research ethics committee）批准和利益衝突（conflicts of interest）的政策。
7	缺乏編輯委員會	期刊缺乏期刊編輯委員會成員。
8	影響因子不合常情	期刊聲稱影響因子不符合期刊引文報告（Journal Citation Reports, JCR）標準。
9	徵稿用語不專業	徵稿用語不專業，例如，拼寫和語法錯誤。

掠奪性出版商（Predatory Publishers）不會管你這些

掠奪性出版商（predatory publishers）只是以獲利爲目的，僞造同儕審查（同行評審）過程，引誘研究者投稿，並且需要支付高昂費用。掠奪性出版商出版的文章審查與編輯過程，相當的粗糙，出版品質不佳，對於學術傳播是一種傷害；因此，我稱爲這是一種「群魔亂舞」的時代。

掠奪性出版商（Predatory Publishers）不會考慮這些出版問題

利益衝突	Conflict of interest	1. 作者所投稿的研究成果，是由科技部獲國科會所贊助，但是科技部不會主張研究成果歸於科技部所有。 2. 作者和任職的機構於三年內的關係中，不會影響研究結果的版權關係。 3. 期刊編輯、編輯委員會和審稿者沒有親屬、師生，以及科技部或國科會合作研究的關係。 4. 編輯投稿自己主編的期刊文章，需要由資深編輯監督和審議內容。
抄襲	Plagiarism	作者沒有逐字複製他人作品。例如，將書籍或是文章中的段落插入論文當中，而不引用出處。
知情同意	Informed consent	作者提供知情同意文件的證號。知情同意書應該簡潔地描述研究，在機構學術倫理審查委員會（Institutional Review Board, IRB）通過審查，由機構提出同意聲明。

署名	authorship	科學或學術論文的作者身分，應該限於以實質性的方式，為期刊論文知識內容，進行貢獻的個人。

期刊會問你幾個問題

您如何知道您投稿的期刊，不是一種掠奪性期刊？

只要在 Web of Science® 中列出的期刊。其中發表的文章受到 Web of Science® 引用，基本上這些期刊，經過審查，就不是一種掠奪性期刊。

出版社要您的文章簽署版權，還要以下的證明？

☑ 我擁有版權。如果我有共同作者，我們共同擁有版權，我可以代表我們團隊簽署。

☑ 我是英國、加拿大、澳大利亞，或其他大英國協王國政府的職員，國家主張擁有版權。

☑ 我是美國政府的職員，我無需轉讓版權。

☑ 我是美國政府的承包商。

☑ 我是歐盟委員會的僱員，歐盟主張和保留版權。

☑ 我受僱於雇主，版權屬於我的雇主。

☑ 我是政府、機構或國際組織的僱員，版權歸上述單位所有。

您考慮過開放取用（open access）嗎？

因為許多開放可以下載的文章的點閱率非常的高，根據泰勒和弗朗西斯出版公司（Taylor & Francis）的研究，開放免費下載的文章，引用率增加 32%，而且下載次數超過 6 倍。但是，您需要支付文章的出版費（APC），並且選擇知識共享許可，簽署作者出版許可。

我不是爛人！凌晨一點

10

艱辛的教授之路：期刊文章不算您的財產

　　在歐洲國家，希望晉升爲教授的研究者，必須寫一份冗長的學術研究文件，文件長度和性質，類似於博士論文。文件的品質由申請人研究領域的教授所組成。如果評審團隊認爲這位研究者值得申請教授職位，則就有資格申請教授職缺，但是不能保證任命爲教授。

　　在英國，大約十分之一的大學研究者是教授。根據 2023 年 1 月英國高等教育統計局提供的數據顯示，2021～2022 年英國高等教育機構聘用的全職教授人數爲 23,515 人，占所有學術人員的 10%。相較於男性來說，女性擔任教授職位的比例爲 30%，較兩年前的 28%，增加了兩個百分點。

　　爲什麼研究者想要成爲一位大學的正教授（full professor）呢？理由很簡單，這包含了可以教育下一代、專心做研究、激發好奇心、終身學習，此外可以受人尊敬。這些都不是金錢所能換來的。

學術研究具有價值嗎？

　　假設駱大衛教授任職於國立科學大學。有一家出版商委託駱教授撰寫氣候變遷的文章，這篇文章發表於國際學術期刊。駱教授和出版商簽署了一份書面協議。誰擁有這篇文章一駱教授還是出版商？因爲這是出版商特別邀請學者編輯的集體作品，也是一本專書。雙方簽訂了書面協議，所以這一篇文章視爲出版商的財產。

	研究	投入	產出	知識產權產生
教授	科學或純學術研究	無形／有形資源	理論／概念／建模	版權（發表之後屬於出版商）

	研究	投入	產出	知識產權產生
公司研究人員	工業或應用研究	有形資源	產品 / 過程 / 服務	專利（發表之後屬於公司）

思考未來，並預測未來的可能性

論文的撰寫者，都需要花時間，思考未來的可能性，並且如何在現實世界之中展開。

論文的撰寫者，必須和現實接觸，通過採取不同的路徑走向未來。但是要記住，不要將自己限制在當前現實的線性發展之中。

我們都需要記住，「如果一個想法聽起來不荒謬，那麼它就沒有希望了。」

荒謬的一天

常常我覺得，我過去當公務人員，越低調越好。後來，我覺得當一個老師也要低調，因為太高調了，常常會搞得身心俱疲，因為接下來，很多煩擾的事會接踵而來。

有一件事情，我倒是不覺得煩擾，因為是很有意義的事。

例如說，我接了國際期刊的主編（section editor）和副主編（associate editor），看到期刊影響因子（impact factor, IF）越來越高，後來我到美國領到最佳副主編獎。

我一年要審查 100 多篇 SCI 和 SSCI 期刊。但是今天一大早，就被一本國際期刊邀約審稿驚嚇到了。我要審查我在哈佛大學設計學院（Graduate School of Design, GSD）指導教授的期刊論文，他現在已經沒有在哈佛 GSD 教書了。我們已經多年沒有聯絡了；所以，我看了一下我有沒有違反利益關係（conflict of interest），結果我發現我沒有，因為他是我的論文指導教授，但是沒有簽名；所以在法律的文件上，我們沒有利益關係。我很有興趣審查，就同意香港理工大學的特約主編進行審查，但是我實在沒有把握 21 天審完。我覺得，我還是要低調，因為太多的事，我要做的都是純服務的義工，這些事情都是接踵而至，但是都是有意義的事情，和金錢無關。

第七章

規訓與懲罰

傅柯的權力理論—《規訓與懲罰》

傅柯（Michel Foucault，1926～1984）曾經寫過一本書《規訓與懲罰》（Surveiller et punir: naissance de la prison），說明運作於監獄、學校、醫院、工廠等制度的各種「規範」和「計算」原則。有的懲罰在肉體、想像、痛苦、尊重等架構於犯人的心態，事實上是一種「政治經濟學」，也就是當一種「人類霸權」的誕生，就會有一種「人道主義」精神的產生。

寫論文是辛苦的，投稿期刊是辛苦的。在長期撰寫期刊和投稿的過程當中，許多教授即使升等成功，身心都受到極度的摧殘，包含了失眠、脊椎側彎、肩頸痠痛、家庭失和、夫妻暴力、外遇；加上升等和評鑑如果不順利，產生的心理扭曲、失業焦慮，都是一位學者在學術路徑之上，所必須面對的問題。

我過去是高等考試及格的中央政府官員，擔任公職長達 12 年，到了 40 歲，才知道期刊（journal）是什麼。我會鼓勵莘莘學子放寬心，既然期刊論文是人類為了科學創造的一種學術事務，這不是一種對待「犯人」的玩意；對待寫作和發表，也需要以平常心來對待。

寫作不是一種規訓，學校也不是監獄

當我在 2021 年一年之中，參與發表並且刊登了 12 篇 SCI 和 SSCI 國際期刊，我終於了解到，這是我出版和發表漫畫版《闇黑研究方法》和

《闇黑論文寫作》的時刻了。因爲，寫作不是一種規訓，學校也不是監獄；「期刊發表」不是教授之間的「軍火競賽」，而是對於學術的一種執著表現。我的環保署同事質疑我：「方偉達，您爲什麼從公職辭職，放棄高等考試官員資格，到《學術界謀生存》（套句李連江教授的用語）？」

我在 25 歲服役一退伍，考上公務人員高等考試，同時考過托福、GRE，28 歲拿到留美環境規劃碩士，進入環保署上班，我的「科員」公職做了 12 年，歷經 7 位環保署署長，我的官位不過「薦任科員」。當年承辦環境影響評估案件，每天加班到晚上八點，我的同仁，都到過法院、調查局、監察院接受問訊。國家待我們如此，不管兩黨都一樣，我不需要留戀官位。

我的回答很簡單，追求「財富自由」，「精神自由」，以及「生活自由」。

我在 33 歲考上教育部公費，39 歲拿到公費留美博士，40 歲辭掉公職，到私立東海大學任教代課老師，東海大學給我名稱美其名是「客座」，不算任何的退休年資。

如今，我在國立臺灣師範大學教書，銜接了我的退休年資，我每天清晨四點起床，依然筆耕不輟，家中沒有電視機、沒有汽車，我用步行上班，我可以走一個半小時到學校，樂此不疲。我擔任了義務的 SCI 和 SSCI 國際期刊審稿者，審過 75 種期刊，每年要審 100 多篇 SCI 和 SSCI 期刊文章，國際出版商沒有給我任何薪資。這就是教授的生活，也許也是一種《規訓與懲罰》；如果您這麼認爲。

02
您對於這一種生活有興趣嗎？

　　當一位研究者，因為評鑑或是升等的關係，需要公開發表研究成果，當期刊文章投稿到國際期刊之後，跨國國際出版商出版的國際期刊，是由一組研究者所成立的編輯委員會，這一群編輯委員會，沒有接受薪資。但是投稿者都應該要經過艱辛的盲審過程，進行審查。

　　盲審的過程是以跨國國際出版商為中心，其目標是在改進英文發表的語法，同時也增加論文銷售的商業價值。出版商會用比對軟體，檢查是否抄襲，並且依據期刊出版格式，在出版之前進行排版，對於期刊論文進行格式化。

　　學術期刊的印刷版，對於研究者很有吸引力。出版商增強了期刊全球訂閱的數量。通常，同僑審查由三個人完成，編輯委員會設立主編（chief-in-editor），委託副主編（associate editor），或是編輯委員（section editor），找到合適的審查者（reviewer），進行審查。

　　期刊本身設有支薪的編輯主任（managing editor），進行初步檢查投稿的主題範圍，了解投稿是否適合論文？包括在期刊投稿過程中，檢查期刊的語法是否需要更正、檢查內容是否涉及抄襲，是否已經格式化，例如依據論文格式 APA 等原則進行寫作。然後這篇論文，會透過主編—請副主編，或是編輯委員擔任不支薪的責任編輯，找到合適的兩位審稿者審閱。這兩位審稿者也是不支薪，接受責任編輯的邀請，進行論文投稿的審查。審查的主題，需要確保研究的新穎性、準確性，以及對於科學的詮釋程度。

由於跨國國際出版商不會為了外部評審過程進行審稿付費，外部審稿者通常不會優先考慮審稿的時間；因此，審稿過程需要拖上很長的時間。

《期刊論文寫作與發表》

我在《期刊論文寫作與發表》，曾經分析過下面一段話。

如何選擇投稿的期刊，屬於一種專門的學問，需要進行目標分析，這個目標分析，需要從下列不同角色的立場，進行說明。

從讀者角度

國外一流期刊，都是來自於歐美的老牌民主國家。所以，期刊主編如果出缺，通常是遴選委員會受到出版集團的委託，從應徵者進行遴選，遴選出一位公正不阿，沒有利益衝突（conflict of interest）的主編。此外，因為期刊出版屬於商業機制所操控，因此，期刊主編會從讀者的角度，去推估這一篇期刊的「目標讀者」（target readers），也就是說，他會問下列的問題：

「那些讀者會對你的文章和文章中所提供的資訊感到興趣？」

「這一篇文章，會吸引到一般讀者，產生廣泛的影響；還是專業讀者，產生深遠的影響呢？」

「這一篇文章可能會吸引那些其他領域的潛在讀者（potential readers），讓他們對這些資訊，同樣感到興趣？」

身為期刊論文的作者，需要考慮一下這一篇文章可能的讀者範疇，先做好適當的分析，思索這一篇文章的讀者群為何？要閱讀這一篇文章，所要涉及專業學科的訓練為何？從讀者的角度進行思量，才能夠進行目標期刊的選定。

從作者角度

身為一位作者，在研究生存的壓力之下，需要探討投稿的目的為何？期刊投稿的作者為了發表期刊，每一位作者可以說是費盡渾身解數，想盡辦法來擠進期刊窄門。

03
跨國國際出版商賣掉您的智慧財產權

　　基本上，跨國國際出版商出版的國際期刊，獲利程度相當大。

　　由於，可以運用精準的外語發表文章，使得研究者有更多的機會，進入其他國家進行論文發表的創作。科學家受到發表的驅使，並且同時可以學習新事物的誘因之下，在國際期刊上發表科學論文，同時也拓寬了研究者的思惟。然後，科學家如果期刊論文的引用率越高，表示理論就越受歡迎。

理論受到歡迎或是指責？

　　國際學者喜歡到谷歌學術搜尋（Google scholar）查閱自己受到歡迎的程度。例如，檢查自己的引文次數、H 指標，i10 指標，代表自己在學界受到歡迎／或是指責的程度。

　　H 指數（H index）是物理學家赫西（Jorge E. Hirsch, 1953～）發展的期刊發表量化指標，可用於評估研究者的學術產出數量與學術產出水準。例如，一位研究者，在其發表的所有學術文章中，有 N 篇論文，分別被引用了至少 N 次。H 指數就是 N。舉例來說，希爾施的 H 指數為 67，代表他有 67 篇論文，都至少引用了 67 次以上。

　　I10 指數：I10 指數（I10-index）是由 Google 提出來的，指研究者發表文章數被引用 10 次以上的個數。比如赫西有 34960 期刊論文引用他的文章，其中有 208 篇被上述的期刊文章引用了 10 次以上，那麼赫西的 I10-index 就是 208。

　　H 指數和 I10 指數，反應研究者論文受到學界歡迎，或是論文遭受指責的一種量化指標。

學術出版模式

科學家以科學工作為目標，在國際期刊上發表文章，是一種向全世界展示研究成果的方式。因此，在網際網路出版的線上期因應而生，一方面發表可以提高研究者研究的可信程度，強化在學界論述的力量。

當然，在權威期刊上發表論文，並不容易。如果發表成功，在科學生涯具有美麗的遠景。

跨國國際出版商看準了這個市場，要求研究者刊登之後，以出版商名義轉讓論文的版權，並永遠享用在全世界銷售論文的收入。但是研究者的著作權一經轉讓，作者不能以任何形式正式分享論文的形式。

因此，學術出版成為了一筆大生意，許多期刊開始收費，作者以期刊投稿的名義，並且繳交費用。

跨國國際出版商為了期刊收取作者的費用＝通過出售論文獲得的收入。

因此，學術出版模式成為一種高利潤的商業模式，進一步加速了商業競爭。許多跨國國際出版商逮住了這個機會，進行商業成長。

付費期刊的版權應屬於作者

創用 CC（Creative Commons）又稱為創意共享、版權宣告，是國際性非營利組織，該組織提供知識共享許可協定，可以自由分享期刊論文，在任何媒體，或是複製任合格式，並且重新傳送資料。在付費期刊當中，授權條款包含了姓名標示（BY）的創用 CC，稱為姓名標示 4.0 國際（Attribution 4.0 International）（CC BY 4.0）。允許他人對自己享有著作權的作品進行複製、發行，或是通過資訊網路向大眾傳播，但是在這些過程中，出版商必須保留作者對於期刊作品的姓名標示。

作者可以因為商業的目的，重新撰寫資料出版。

04
論文要開放資訊（Open Data）嗎？

開放資訊（Open Data）目前是期刊投稿的趨勢，開放資訊主要包括三個部分。

第一部分：數據需求和發現。

第二部分：數據搜索工具的使用。

第三部分：基本資訊。

數據資料是研究者的基本的資料來源。開放資訊，也就是開放數據運動，提供所有的科學家藉由共享、獲取、集成，並且可以重新使用現有數據資料庫，進行了研究的機會。

然而，研究者面臨了一種新的挑戰：「在數據蒐集之前，我們如何有效地找到發布在網路上的開放資訊」？

所以，數據搜索工具為了克服挑戰，提供解決方案。這些方案允許研究者搜尋相關數據，藉由獲取大數據的方式，以進行理解和評估。

投稿的時候，選擇開放數據
數據簡介（data in brief）

投稿者進行投稿的時候，可以將數據提交給開放取用（open access）的期刊。

在數據簡介中的數據，是針對補充材料中，經常被忽視的數據，以及對於數據的描述，或者針對投稿者存放在外部數據資料庫中的完整數據資料庫的描述。

共享科學的開始

我在 2021 年投稿〈臺灣過度及中度使用智慧型手機的兒童親環境行為的決定因素〉（Determinants of pro-environmental behavior among excessive smartphone usage children and moderate smartphone usage children in Taiwan）一文給 PeerJ 這一本期刊時，期刊編輯要求我要放上我調查的 excel 表格的原始資訊。

PeerJ 是開放取用的同儕審查的大型科學期刊，涵蓋了生物和醫學科學研究。PeerJ 在 2022 年的影響因子（IF）為 2.98，參見期刊引文報告（Journal Citation Reports, JCR）。

這是一種重要的決定，我決定在刊登論文期刊在 PeerJ 中，不但全文可以下載，甚至調查數據的 excel 表格都可以下載，我覺得資訊完全下載，是一種共享科學的開始。我在投稿的時候，加上了補充資訊。

Supplemental Information
Supplemental information for this article can be found online at http://dx.doi.org/10.7717/
peerj.11635#supplemental-information.

補充資訊
本文的補充資訊可在 http://dx.doi.org/10.7717/ 線上找到
peerj.11635# 補充資訊。

所有資訊都會在網路中找到

我所提供的補充資訊，都會在網路中經過審查、索引，並且提供數位物件識別碼（Digital Object Identifier，簡稱 DOI）之後，在網路上發布，免費提供給讀者閱讀。我提供的文章會，因為我也提供了數據資料庫，讓我的研究更透明，更容易搜尋、複製，也更容易受到引用。由於數據簡介（data in brief）是開放取用的形式，我需要支付發表的相關費用。

05
永無止境的撰寫

　　科學發現應該以清晰、完整，以及準確的方式進行報告，並且提供佐證文獻和資料，以便該領域的其他研究者可以輕鬆地進行審查。所以，撰寫國際期刊，都是在一種崇高的目標的支持之下，像是小蜜蜂一樣不停地工作釀蜜。即使效率很慢，但是一定會獲得成功。

一篇期刊需要多長？
1. 平均論文 word 檔的長度約為 20-25 頁（包含文本、引用文獻，以及圖表）。如果排版印刷之中，平均論文盡量也不要超過 25 頁。如果寫得太繁雜，會遭到論文審查的刁難。
2. 請採用 12 號 Times New Roman 字體。
3. 一篇完整的 Word 文檔頁面，包含大約 500 個英文單詞，這也包括了您的標題。您的研究文本，應包含總共 4,000 個英文單字到 7,000 個英文單字，這是標準的長度。

自然科學VS社會科學
1. 自然科學論證性演繹較少，但是需要增加限制性描述和討論。
2. 在藝術和人文領域，需要更多的解釋，或是更多的論辯。
3. 通常，一篇自然科學的論文，通常不超過 20 頁。在社會科學、藝術和人文領域，一篇典型的論文可以是 20-25 頁，有些甚至長達 30 頁。

科學的公理

在永無止境的撰寫之中，您會發現，即使研究檢測的方法不斷改進，您也不可能證明某事不會存在。

因此，科學研究充其量只能證明確實存在的事務，並且可以報告在特定條件，或是特定機率之下，不存在的結果。

因此，兩個或是多個變量之下的相關性，不應該被解釋為一種變量，導致另外一種變量發生變化的因果關係。

該怎麼解釋？

例如，近幾十年來全球氣溫的升高，是隨著大氣中二氧化碳濃度的升高而增加。

但是，我們目前還是不清楚，全球暖化和人為排放的因果關係。因此，我們需要針對數據中所發現趨勢，進行解釋，並且加以討論。

雖然大眾傳播媒體都在以驚悚的標題進行報導，但是科學研究者和期刊編輯應該努力傳達導致不確定性的條件和因素，尤其是當環境現象之間，得出的結論只有相關性，不一定有因果關係。

一篇文章放一個想法

1. 您的文章需要簡潔的總結。
2. 不要漫無邊際，將太多不同的想法，放在同一篇論文之中。

扉扉也當過教授的學生，基本上是我學妹、我老婆的學生。

扉扉！太謙虛就不是美德了！

也不是啦！我那時候很混。何老師，我今天MC來了比較弱，弱弱的。

真的呀！扉扉學姐在美國讀過書？

女生在滿月夜晚月經來潮，出血量可能大量增加，所以比較弱。

德國學者對上萬名女性的月經週期做了調查。

今天是陰曆正月十五。

我要花多少時間完成初稿？

　　撰寫一篇期刊論文所花的時間，最短大約是一週，最長的時間可能是一年多。一份學術期刊大約有 20-25 頁，由 4,000-7,000 個英文單字所組成。

蒐集數據要算時間嗎？

　　撰寫學術期刊文章的時間長度不一定；假設您每星期在文獻回顧、數據分析、重新分析，以及提交出版後要求的修訂時間，每個星期投入，大約 7 小時的工作時間。那麼，您可能需要大約 3 到 4 個月的時間，甚至要一年的時間，完成這一篇期刊論文。

　　但是，這個時間估算之中，省略了您在資料數據蒐集的階段。

您會學習等待嗎？

　　撰寫一篇社會科學的研究期刊文章，並且和其他學者合作。平均而言，時間可能會拖很久。第一位作者可能是研究生，負責起草和撰寫文章，通訊作者可能是指導教授，負責編輯手稿。對於一位新手來說，期刊論文被接受發表的機會，可能比較渺茫；所以一位新手在比較有名的研究期刊上發表文章，並不容易。論文一旦寫好，過程還是有點漫長，需要送審，等待審稿者意見。

漫長的編修過程

在科學期刊上發表論文，需要花費數年的時間。

論文投稿之後，需要針對編輯的意見，進行修改論文，重新提交修改之後，等待接受，或是再次處理編輯審查意見。因此，如果將研究和修訂過程因素考慮在內，而不是僅考慮寫作的時間，需要考慮同儕審查的時間。

如果您向期刊提交論文初稿，期刊編輯必須匿名提交，然後找到並且聯繫 2 到 3 名這個領域具有專業知識的外部審稿者。

根據我的經驗，這通常需要花費幾個月的時間。然後，審稿者可能需要再花 2 到 3 個月的時間來讀這一篇初稿，並且決定是否發表、要求修改，或是拒絕。

最常見的結果是重新提交並進行修改，而且這個過程會不斷的重覆。因此，即使您只需要 1 個月到 6 個月的時間來撰寫第一篇期刊論文的文章，但是可能需要 6 個月到 1 年的時間，才能出版。因為，接受之後，您需要處理刊登版面的校樣，請查閱校樣，提交經過審核完成的論文最終版本，然後等待其在期刊上印刷發行。

因此，等待從最初提交期刊論文，到最終出版的過程，可能還需要 6 個月到 12 個月。

學術期刊不是一個人創見

學術期刊不是個人可以創建和完成的作品。

學術期刊需要一組同儕審查者，以及一名編輯來協助研究者的工作。這些工作包含了期刊論文提交、審查、編寫；審查之後，需要新增資料，不斷添加新的內容。

07
論文投稿前的檢查I

　　論文投稿之前，需要看一下版面是否前後都有對應。尤其是參考文獻和本文之間的關係，需要前後對照比對。

　　〈臺灣過度及中度使用智慧型手機的兒童親環境行為的決定因素〉（Determinants of pro-environmental behavior among excessive smartphone usage children and moderate smartphone usage children in Taiwan〉

頁碼	問題
第1頁 （Page 1）	請檢查所有作者姓名、姓名縮寫和附屬機構，以確認上述內容都是準確的。
	Please check all author names, initials, and affiliations to confirm they are accurate.
第3頁 （Page 3）	文本引用Turaga（2010）已更改為Turaga, Howarth & Borsuk（2010）以符合參考列表。請確認這是正確的引用。
	The in-text citation Turaga (2010) has been changed to Turaga, Howarth & Borsuk (2010) to match the reference list. Please confirm this is correct or provide the correct citation if necessary.
第4頁 （Page 4）	該參考文獻在正文中被引用，但在參考文獻列表中沒有對應的參考文獻。請提供Azjen（1991）的完整參考資料。
	This reference is cited in the body of the text but does not have a corresponding reference in the reference list. Please supply the complete reference for Azjen (1991).

頁碼	問題
第24頁 （Page 24）	引用文獻Chang & Chu（2007）、Hair Jr.等人（2014）内容不完整。請提供缺少的資訊，包含出版商名稱。
	Reference Chang & Chu (2007), Hair Jr. et al. (2014) is incomplete. Please provide the missing information: location of publisher, publisher name.
第25頁 （Page 25）	參考文獻Duron-Ramos等人（2020）、Fang等人（2017）、Fang 等人（2018）、Han & Hansen（2012）只出現了一頁的編號，而不是頁面的範圍（例如：pp. 20－30）。如果這些不是單頁的參考文獻，請提供頁面範圍。如果只是期刊引用文章編號，而沒有刊載了頁碼範圍，請提供該文章編號。如果其中文章只是摘要，請確認哪些是單頁摘要，在參考文獻中要插入[摘要]。
	References Duron-Ramos et al. (2020), Fang et al (2017), Fang et al (2018), Han & Hansen (2012) appear with one page number instead of a page range. If these are not single page references, please provide the page ranges. If the journal only uses article numbers for citations instead of page ranges, please provide that article number. If any of these are abstracts, please confirm which are single page abstracts and we will insert "[Abstract]" in the reference (s).
第26頁 （Page 26）	參考文獻Glanz等人（2015）、Hair等人（2016）、Heider（2013）、Pett等人（2003）、Schwartz（1977）、Yoon & Lee（2016）、Lee等人（2018）、Leung & Rosenthal（2019）、Song & Li（2019）、Tchetchik等人（2021）、Vu等人（2020）不完整。請提供缺少的資訊，含出版者的位置。
	Reference Glanz et al. (2015), Hair et al. (2016), Heider (2013), Pett et al. (2003), Schwartz (1977), Yoon & Lee (2016), Lee et al. (2018), Leung & Rosenthal (2019), Song & Li (2019), Tchetchik et al. (2021), Vu et al. (2020) is incomplete, Please provide the missing information: location of publisher. Q9 (Page 26) Reference Henseler (2017) is incomplete. Please provide the missing information: location of publisher.

08
論文投稿前的檢查II

您可能看到這理，已經昏頭轉向。其實，這只是投稿前的準備工作。

教授的工作，就是和一堆英文的符號和數據為伍，在故紙堆中求生存。

無趣的很。

宋朝朱熹在《答呂子約書》中說：「豈可一向汩溺於故紙堆中，使精神昏弊，失後忘前，而可以謂之學乎？」

二十一世紀教授的工作，就是在故紙堆中找到引用文獻，並且進行創新的寫作。我們不一定要學朱熹哲學；但是，當然您的研究，著墨在研究宋明理學，那是另當別論了。

英文句子檢查的要領

1. 避免使用英文的成語。
2. 請使用較短的句子；避免使用長句子，例如嵌套的子句或短語。
3. 請不要讓連續的句子，塞入到您的寫作之中；請嘗試使用分號。
4. 請避免使用兩個以上想法的句子。
5. 請使用名詞而不是代詞，即使結果句子看起來有點多餘。
6. 請確認主詞和動詞在數量上一致，也就是單數與複數要一致。
7. 描述可量化的時候，不要使用定性形容詞，因為定性資料缺乏可靠性。
   例如有些隱瞞而不準確的（inaccurate without being upfront about it）的個人健康形容詞。例如：受訪者很漂亮、很好，也很健康。

8. 請使用量化的名詞。例如：列出受訪者的腰圍測量；每天喝多少杯水；是否有血壓、膽固醇、血糖等數值量測數據；或是列出每天睡覺的時間等健康因子。

9. 第一次使用專有名詞的時候，請拼出全稱，不要用縮寫。

請為國際期刊的讀者寫作

在國際期刊投稿的論文長度要適中，包含描述您的研究工作，並且撰寫可以支持解釋所需要的所有資訊。

因為是一篇文章，所以您在緒論（introduction），請發展您想要研究的主題，成為您的研究動機，並且設定研究假說（hypothesis）。然後，在論文的正文中進行鋪陳，並在討論（discussion）再次提及；當然，您必需在摘要（abstract）和結論（conclusion）中進行鋪陳。

如何精簡您的投稿論文？

1. 您的緒論（introduction），應該只要有足夠的背景資料即可，可以讓讀者理解您的敘事過程，當然也不需要囉哩囉嗦地引用所有有關於這個主題的期刊論文。

2. 請使用圖形（figures）標題，減少文本的冗長敘述。

3. 不要在文本中逐項描述圖表格的內容，請用文本說明圖表中最重要的模型趨勢。

請刪除文本

1. 請刪除文本中提到的，但是數據沒有顯示的觀察（observation）或結果（result）。

2. 請刪除文本中所提到的，但是數據不支持的結論（conclusion）。

3. 請刪除不確定的解釋（explanation），或是討論（discussion）。

4. 請刪除和結果關係不大的解釋（explanation），或是討論（discussion）。

09

什麼是盲審？

　　期刊論文在發表之前，需要接受審查。以下是期刊審查採用的形式，同儕審查（同行審閱）是一種期刊審查中的篩選機制，可以淘汰不好的研究，並且協助作者改進研究的品質，並且同意作者可以公開發表。

盲審

　　每個審查的期刊，會根據自身發表的研究和類型，來選擇不同的同儕審查。目前最常見的是單盲審查和雙盲審查。然而，最近開始有些期刊，例如MDPI 系列，開始採用開放同儕審查，以及發表後同儕審查兩種方式。

1. 單盲審查（single-blind peer review）：在單盲審查中，您不知道審稿者是誰，但是審稿者可以知道作者的身分。這類似科技部（國科會）的計畫審查。雖然這種同儕審查模式，是希望能減少偏見或是利益衝突；但是因為審稿者會知道作者的身分，所以還是會影響到審查是否通過的結果。

2. 雙盲審查（double-blind peer review）：雙盲審查，作者和審稿者之間，都不知道對方的身分。這種評審的風險，是審稿者有時候會亂審，或是給出不準確或是不負責任的資訊回饋。

3. 開放同儕審查（open peer review）：開放同儕審查，作者和審稿者也許剛開始知道對方是誰，或是不知道對方是誰。但是，開放同儕審查機制，會將審稿意見以及作者的回覆，和最終的論文一同發表。

4. 發表後同儕審查（post-publication peer review）：在論文於網站上披露發表之後，審稿者在開放取用（open access）平臺上，對於已經發表的論文

進行評論。在機制中，作者和審稿者的身分公開，所有的審稿評論紀錄也公開。

努力投稿的過程

很多期刊的審查發表過程，非常的冗長，不見得投了，就會上。因此，在投稿的過程當中，非常艱辛。因此，才建議在撰寫期刊論文投稿的時候，最好要引用有審查機制的期刊文章。

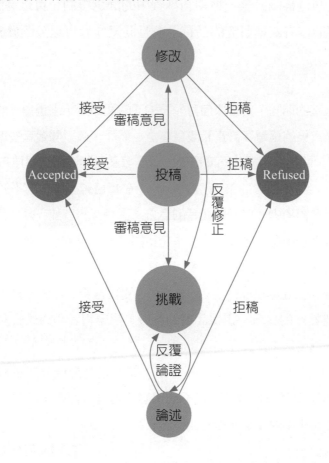

10
很多發表是偽科學？

　　過去我們對於科學的理解，常常會以學科分類，說明科學的精隨。科學是一種智力的實踐，您需要通過觀察和實驗，研究自然世界的種種結構，以及人類世界的種種行為（Pigliucci 2013）。

　　因此，在進行期刊審查的時候，粒子物理的理論審查，依據實證型論文審查標準。從粒子物理、氣候科學、演化生物學，以及分子生物學，都是硬梆梆的實證科學。但是，人類社會的複雜程度，往往超過這些硬科學。在社會科學的層面，包含經濟學、心理學，以及社會學等軟科學的審查，這往往超過審查者的認知範圍。

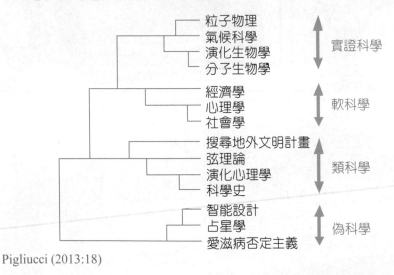

Pigliucci (2013:18)

越是需要實證知識審查的學科，越可以參考其中的依據

　　進行期刊審查的時候，需要擴展您的實證知識，並且強化您對於實證之後的理論理解。

因為，沒有什麼期刊類型的文字，是不能讓人類理解的；除非，這些內容胡說八道，超越人類的理解。所以，實證知識越少的學科，即使理論很強；但是不能進行實證，所以只要是作者的臆測和瞎矇，在書寫您的論文過程之中，千萬不要輕率地引用。

　　因為您引用不是經過實證的發表內容，您會降低您整體論文的品質。

　　缺乏實證知識的發表內容，只能成為茶餘飯後的消遣，千萬不要認真。

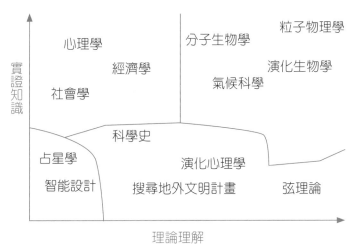

Pigliucci (2013:23)

很炫的理論很難出現在期刊之中

　　美國哥倫比亞大學的教授布萊恩・葛林（Brian Greene）寫過《宇宙的琴弦》、《宇宙的構造》、《隱遁的事實》。他認為我們都希望有一個更好的宇宙理論，比現在更深入了解我們所在的物理世界。物理學家並不是在尋找可以解釋一切的理論；只是試圖創造更好的理論。葛林認為弦理論是一門和物理沒有關係的學科，並且說：「您可以把超弦理論稱為腫瘤。」（Greene 2000）

第八章

最後一役

01
學術期刊是昨天的技術
（yesterday's technology）

所謂的研究是針對特定領域的學科主題，進行的一種工作；其目的就是要探索、發現，以及找出正在發生問題的真相，以產生新的知識。

因此，研究者希望依據專門的主題，確認研究的重點，了解研究結果的影響；建構實際應用的可行性，進行更進一步研究。

學術期刊是一種傳播媒介

因此，如果學術期刊成為一種傳播媒介，傳播研究者的精心研究的結果，提供其他研究者的使用。在學術研究中，教授、研究人員，以及博碩士生閱讀大量的參考文獻，以確定學界已經完成了哪些研究，有哪些重大的發現，還有哪些研究尚待完成，以及他們加入這項研究領域的意義在哪？

請爬梳現有文獻中發表的知識，成為您的參考基礎。所有的研究，都是建構在既有的工作基礎之上。

學術組織和國際期刊的關係

發表，是進行學術研究成果檢驗的有效方法。

因為研究既費錢又費時，通過學術期刊共享知識，是克服時間和成本的最佳方式。

學術期刊是由成熟的專業學會、大學出版社，或是國際知名的出版商所創建的。有些專業期刊是由國際出版公司製作，通常與國際知名學會合作簽訂合約。例如，國際濕地科學家學會創建了濕地（Wetlands, SCI journal）期刊，並且委託施普林格（Springer-Verlag）發行。

國際學術組織和國際期刊的關係

基本上，國際組織決定創建一種期刊。國際組織理監事會決定期刊涵蓋的主題，並且為期刊進行命名。國際組織任命人員來管理期刊，例如成立編輯委員會和顧問委員會，開始編印的期刊。

國際組織會和國際上著名的跨國出版商合作出版。國際上的研究者為期刊投稿論文，編輯委員會會找到同儕審查者來評論每一篇論文，通過的期刊論文將放在網路，並且印刷成書，寄送給客戶。

02

出版或滅亡！

　　《牛津短語和寓言詞典》中，曾經出現了「出版或滅亡！「（Publish or Perish）」。是指在學術機構中存在的現象，也就是說研究者承受著發表期刊作品的壓力，以保障職位。「出版或滅亡！」還可以用在決定向期刊投稿、準備工作面試、進行文獻綜述、進行計量研究，或者在學術事業啓動之前的功課。

　　「出版或滅亡！」是英文諧音也是一把眞正的瑞士刀，鋒利無比。

　　「出版或滅亡（Publish or Perish）」這個詞是克拉倫斯 · 馬什 · 凱斯（Clarence Marsh Case）在 1928 年創造的的詞，用來描述指導美國社會學系晉升過程的必要性，他認爲這會導致了社會學研究品質的整體下降（Case 1928）。

凱斯說了什麼？

　　「出版或滅亡！」「其次，總體上比以前更容易出版；第三，大出版商對社會學教科書的持續需求…。」克拉倫斯 · 馬什 · 凱斯（1974～1946）

　　Publish or perish! In the second place, publication in general is more easy than formerly; and in the third place, there is an insistent demand for sociological text-books on the part of the great publishing…（Clarence Marsh Case, 1874～1946）

「出版或滅亡」的定義

　　洛根·威爾遜教授在他的著作《學術人：職業社會學研究》（The Academic Man: A Study in the Sociology of a Profession）中定義了「出版或滅亡」：

教授爲了要獲得終身教職（保證在美國任職的教授不能無故被解聘），必須要進行研究，例如實驗、文獻分析，或是進行批判評論，並且發表他們的研究結果。因此，全職教授，尤其是擁有終身教職的教授，通常被期望花更多的時間在研究之上。

另一種「厚積薄發」的聲音

雖然凱斯擔心在急於發表作品的情形之下，最好的作品，會被贗品淹沒；如今學術出版物的數量多，意味社會大眾根本不在乎教授的發表。

蘇東坡在《稼說送張琥》以栽培莊稼進行比方，說明做學問的道理。文章最後一句是：「博觀而約取，厚積而薄發」。這句話經常會被人誤解，因爲前後文都是矛盾的語氣。如果在學習方面，要「博觀」，是指閱讀視野要開闊；「約取」是說選書的眼光獨到，只取書籍的精華。此外，在治學方面，「厚積」指的重視累積眞材實學的紮實學問；「薄發」是指自我約束，不輕易發表，寧缺毋濫，最後面發表的成果，將會是經典作品。

「水刊」刊登越多的文章，「水貨」文章越多？

如果一位產量很大的研究者發表的期刊越多，論文被引用的機率是否更高？這是當然的。一般來說，引用有分為「正向引用」和「負向引用」。通常期刊文章在撰寫的時候，是站立在前人的肩膀上向前看。

「正向引用」是引用研究者認為非常好的理論或方法。「負向引用」則是發動攻擊，闡述二元對立的觀點，說明原來作者在研究上的缺陷和理論不足。因此，在學者急於發表研究成果的時候，常常會看重了學術成果的數量，而一旦看重數量，勢必會顧此失彼，導致質量變差。甚至有些教授還會批評，成果越多，水貨越多。

03
發表文章被引用很重要嗎？

　　蘇格蘭的哲學家大衛休謨（David Hume，1711～1776）談到他出版第一本書時的心情，無論這一本書的質量怎麼樣；他覺得好像從媒體感受到一種「死產」的感覺（stillborn from the press）。休謨的意思是說，當這一本書沒有媒體有興趣，造成了一種理念胎死腹中，未能實現。

　　所以，這就有相當多的研究者產生了學術「焦慮」現象。當然，發表您的作品很重要─畢竟，當您想要申請研究和學術職位的時候，或者當了教授以後，想要申請科技部等單位的研究資助時，科技部很可能會考慮您的過去發表的記錄。

證明自己可以？

　　谷歌學術（google scholar）將研究者的資料發布之後，自然科學和社會科學差距很大。社會科學有很多文章，根本沒有被引用嗎？在社會心理比較分析中，美國社會哲學家史蒂夫·富勒（Steve William Fuller，1959～）認為：「研究者寫作的目的，不是為了讓其他學者閱讀；而是為了證明自己可以」（Fuller 2018）。這是學術圈子對於教授的社會期望（social expectation）。一般來說，學術推廣過程希望研究者的作品被高度引用。

　　但是。引用會受到時代潮流效應的影響。當一篇文章被引用，是因為這個領域的其他研究者也引用。當一篇文章的初稿正在被閱讀，審查者需要對文章的實際內容，最少要有基本的了解。

期刊編輯與同儕審查者，會協助推動審稿過程。在學界普遍的社會氛圍，會希望學術是逐步向前邁進，而不是毫無理論的「大躍進」。因為後來的學者，都是站立在前人的肩膀上面，看得又高又遠。

尚未發現的公共知識

芝加哥大學的資訊科學家唐 · 斯旺森（Don Swanson，1924～2012）創造了「未發現的公共知識」（undiscovered public knowledge）一詞。

斯旺森認為，學術界普遍都固守在既有的安全領域之中，很難跨界合作。很多學者一輩子鑽研閱讀，在故紙堆中工作，發表一些大眾已經習以為常的學術著作，看到新穎的學術發表，就嗤之以鼻，認為是不成熟的作品。

但是，學術界有真正成熟的作品嗎？答案是否定的。

學術中太多的預設論述（default disciplinary narratives），基本上根深柢固在學者的腦袋中，往往看不到真正的學術真髓。斯旺森證明，通過結合兩項沒有太大關聯性的研究，看起來在原有學科之中，都是老生常談，但是透過基礎文獻、中介文獻，以及目標文獻的催化，竟然解決了長期存在的醫藥問題。

文獻不是用讀的，是用發現的

知識的提煉，需要採用基礎論文，並且搭配中介文獻和目標文獻，發現既有知識之間的新關係。斯旺森在 1980 年代推出這個發展醫藥的構想，後來廣泛使用到其他學術領域。

04
為學要如金字塔，要能廣大要能高

　　中央研究院前院長胡適（1891年～1962年）曾經說過一句話：「為學要如金字塔，要能廣大要能高」。從閱讀文獻中的發現，不會像是經驗科學，需要通過實驗室的實驗，產生新的知識。

　　相反的，研究者通過閱讀，通盤了解了學術之間顯而未見的關係，進行抽絲剝繭，將既有的知識，與經驗相互進行連結。

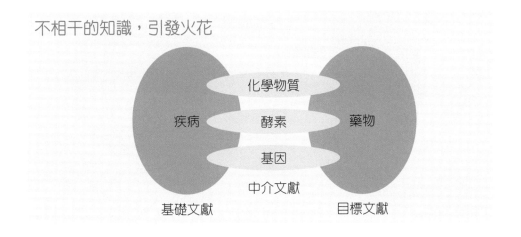

不相干的知識，引發火花

　　即使是看起來不相干的知識，也有可能引發火花。例如，可能已知疾病，是由化學物質所引起的；但是，已知的藥物會減少體內化學物質的含量。然而，由於各自醫學領域的文章是彼此分開發表的，也就是說，疾病和藥物之間的關係，可能是未知的。斯旺森鏈接（Swanson linking）就是希望找到這一層關係，並且進行分析檢測。

質量總是先於數量

斯旺森鏈接（Swanson linking）在論文期刊寫作的經驗，發展相當深遠。我很有興趣了解，我寫過的期刊，引用率最高的文章類型。

我看到在谷歌學術（google scholar）中最高引用的文章是一篇小品作品，從 2017 年 9 月發表之後，到了 2023 年 5 月引用率為 161 次，也就是說，平均兩年的引用率超過了 50。我一直在分析這一篇引用率很高的原因，可能是因為名稱有趣，這是一篇研究「規範性信念、態度，以及社會規範」。當然，這個題目已經被研究爛了。但是人類在閒暇時，會減少廢棄物產生的行為；這個研究就是跨領域的作品。也就是符合斯旺森鏈接（Swanson linking）的一種社會關係指標的研究。

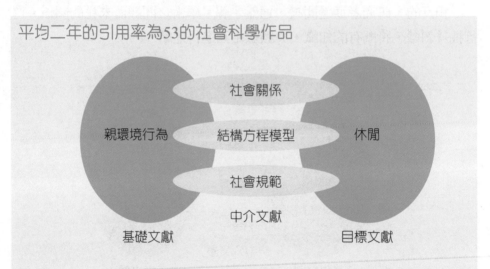

平均二年的引用率為53的社會科學作品

親環境行為　社會關係　結構方程模型　休閒　社會規範

基礎文獻　　中介文獻　　目標文獻

Fang, W.-T., E. Ng, C.-M. Wang, and M.-L. Hsu. 2017. Normative beliefs, attitudes, and social norms: People reduce waste as an index of social relationships when spending leisure time. *Sustainability* 9(10), 1696

傑克的隱瞞

質量好，引用高？

學術期刊發表，如果不是一張發表證書證明，也不是研究者玩的野蠻遊戲中的籌碼；那麼，您會很在乎引用嗎？

因為，有些論文在發表後 5 年，也可能不會被引用！對於研究者來說，期刊論文在國際學術界被引用 5-10 次，就已經很棒了！

領域不同，不能一概而論

根據英國《泰晤士高等教育》（Times Higher Education）在 2017 年的研究，在化學工程、化學、神經科學或生物學相關的學科中，2012 年發表的文章中只有 3-7% 的文章在 5 年後未被引用。

但是，在汽車、航太，以及海洋工程等領域學科，在 5 年後未被引用的比率高達 40%。對於文學理論、視覺藝術，以及表演藝術來說，5 年後未被引用的比率，更高達了 70%。

由於未被引用的作品比例如此之高，研究者可能想知道這部作品是否已經被閱讀，或是這一部作品，是否會影響特定的研究領域？

由於不出版或滅亡的文化，我們可能已經忽略了科學的真正本質，是要關注我們對於世界現象的理解，以及我們能夠讓世界更美好。

不要害怕退稿

加拿大的生態學家約翰·斯莫爾（John Smol）說：「如果沒有發表，等於沒有做過研究。」

斯莫爾的話即使有人反對，但是大多數的研究者表示同意。儘管有很多種方式，例如說臉書（facebook）、網路雜誌，可以向世界傳播研究的結果；但是同儕評審的出版物，仍然是我們透過嚴格的審查，並且以有效傳播，進行科學分享的最佳方法。

　　出版是一種研究的產物。然而，這個過程是一個相當乏味的過程，特別是對於初出茅廬的研究生。

寫作階段本身就是一種挑戰

　　進入到寫作階段和投稿階段，本來就是一種挑戰。

　　因為研究生需要發展的研究課題，從論文審查委員會得到審查意見，建立研究設計，並且搜集數據。將眾所周知的研究結果，書寫在紙上，是最困難的部分；在進入職業生涯的後期，也不一定會變得更容易。

06
勇敢面對理論批判

　　在提交論文初稿之後，通常我們會面對一連串的批判。

　　除非您能夠在寫作過程中，證明您對於證據的批判，具有理論價值，否則您的分析將不到位。在此，我將要介紹一種符碼理論，說明論文審稿者在決定一篇期刊是否有價值的編輯立場。

符碼理論（Code Theory）

　　根據符碼理論，所有的期刊論文，都有一種密碼，等待作者進行理論拆封，或是需要作者重新包裝一種複雜概念的過程。

　　我們可以根據這一種波動的模式，用語義波（semantic wave）的概念，進行解構（Blackie 2014）。

　　如果一篇文章需要處理理論的部分，您需要在緒論說明為什麼這個理論很重要，需要採用理論進行研究方法的建構。因為學術論文的撰寫，都是希望處理波峰處的難以理解的概念；但是，您在處理數據的時候，需要用一般人都能夠複製和理解的方法，進行解構，將您的方法說清楚、講明白；然後採用學術詞彙重新包裝，重新回到波峰。

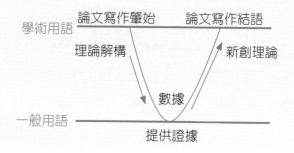

最後檢查您的寫作過程

　　如果實驗的過程當中，發現了相互矛盾的結果，您是否會引用具有兩種結果的研究文獻？

　　您應該盡可能不要引用超過 10 年以上的參考文獻。如果一定要引用，在文獻中請列出第一個談到您研究的最早理論，即使已經發現了超過 10 年以上。此外，您引用的文獻，應該和您的研究問題有關。

　　一旦您在引用文獻之中，提供了背景材料，並且說明了您的研究問題，請告訴讀者您的研究目的。通常您研究的原因，是為了要填補知識空白，或是回答以前未回答的問題。例如，如果已知一種藥物在一個人群中效果良好，但從未在不同人群中進行過測試，則研究的目的可能是測試該藥物在第二個人群中的有效性和安全性。

　　在介紹的最後要包括的最後一件事是對您的學習目標的清晰準確的陳述。您也可以用一兩句話解釋您是如何進行這項研究的。

寫作投稿論文前的準備

1. 請將您的閱讀期刊文章，保存在參考文獻管理系統（例如：Mendeley、Zotero 或 Endnote）。這讓您未來的研究論文製作參考文獻，變得容易。

2. 研究計畫的設計，需要包括明確的研究目標，因為這是您研究論文的基礎。

3. 一篇好的期刊論文，需要交代您使用的材料，以及您回答研究問題的方法。以便讀者可以複製您的實驗。所以您需要保留所有的調查和實驗筆記。

4. 請您在完成所有科學分析之後，才開始寫作，並請設計您的研究目標，以及可以說明研究目標的圖和表。這些研究目標和圖表，強化您在論述您的研究結果，以及展開您的討論時，可以依據遵循。

07

回顧您寫作的文章

　　請您應該準備好，坐下來用心寫作了，並且檢查一下您的寫作文章。
　　請不要從頭到尾依據順序撰寫論文。請從結果部分開始撰寫，參考您的表格和數據，解釋您的發現。

研究論文的結構
　　典型的研究論文，區分為九個部分：標題、摘要、緒論、材料和方法、結果、討論、結論、致謝，以及參考文獻。如果您進行實地考察，您可能在緒論介紹和材料與方法章節之間，會寫出您的研究地點章節。

標題和摘要
　　請在期刊論文完成之後，想出一個引人入勝的標題，並且將摘要撰寫成一小則迷您論文，包括介紹研究問題和背景、關鍵結果，以及這些結果告訴讀者最有趣的發現，這個發現和其他研究的比較，並且寫出一句話的結論。

緒論
　　本節是介紹您的研究，請您在研究背景中說明，然後縮小您的研究關注的焦點，具體說明您規劃在期刊論文中決定要做什麼。

材料和方法
　　請您提供足夠的細節，以便其他研究者在需要的時候，可以複製這一種研究。請說明您採用這一種方法的基本原理。
　　從實驗和調查的開始到結束，逐步列出您所做的事情。這不僅包括您蒐集資料的方法和原因，還有包括您在應用特定分析技術時，您採用的方法和原因。
　　有時很難確定多少資訊足夠滿足審稿者的需求；但是我會建議您多寫一點，因為您在審稿者批評太冗長之後，還是可以刪減。

回顧您寫作的文章

　　有的研究者會發現從方法部分撰寫更為容易。有些研究者可能會從緒論開始。不管您寫作的順序為何，請為您需要撰寫的內容，做好心理準備。

結果

　　結果章節需要告訴您的讀者，您的研究揭示的事實。例如，我目前正在撰寫一篇垂直濕地的期刊論文，其中在方法部分包含以下副標題：實驗設計、紀錄歷史、環境監測，以及數據分析。結果部分概述了觀測到的雨量和日照條件（環境監測），並且描述了特定實驗設計相關的濕地水流量變化，並且通過對於流量監測的數據，應用特定數據分析，來量化每天研究的日誌紀錄。

討論

　　請您將研究的結果，彙總成為一篇連貫的故事，並且透過引用文獻，將您所說的故事，放置於上下文之中，進行討論。您的討論章節，需要透過文獻回顧，了解您自己研究所得到的結果，和前人的研究相同，或是相異之處。在討論章節結束的時候，您應該已經解決了在緒論之中，您想要介紹研究的目標已經達成了。

結論

　　您在結論之中，需要通過您所研究的問題，重新說明重要的研究結果，並且撰寫可能的下一步研究。

致謝和參考文獻

　　在致謝之中，感謝其他人對您的研究的貢獻，無論他們是助理、贊助單位，還是協助您，和您討論論文的同事。

　　建議採用參考文獻管理系統，建立您的參考文獻列表。

生命的記憶，需要遺忘，回到30年前

08
不要等待完美的句子

在開始打字撰寫英文期刊之前，不要期待完美的句子出現在您的腦海中。請採用腦力激盪法，在一張白紙上記下您的想法。

請用箭頭和線條，將重點連接，您可以製作列表。

在這個階段，文章的嚴謹性並不重要。您只需寫下想法，當您有了這個想法之後，然後用您想到的這個主題，不斷練習。從文章的紀錄、投稿過程，以及審稿過程之中，您需要列表，將會看到一條您未來可以遵循的路徑。

即使是母語作者，很多研究者的初稿，剛開始都是蹩腳的初稿（crappy first draft），但是這些初稿，在您撰寫最後期刊論文的道路上，提供了最基本的材料。

如果您在英文編修中有困難，我會建議您聘請專業的科學編輯。雖然有一些研究者可能認為這是作弊，或是承認您在英文寫作中的失敗紀錄；但是在分工之中，這和在特定研究領域之中，政府單位聘請您擔任顧問或是審查的工作範圍類似。

您可以聘請英文編輯進行任何工作，從校對到改善整體論文結構，再到改善您在投稿論文的修辭。無論您需要什麼服務，您都有一位經過培訓的專業英文編輯，可以提供您在投稿的服務。

強化您的寫作重點

在期刊論文當中，最重要的五個關鍵段落：

緒論的第一段和最後一段，討論的第一段和最後一段，以及摘要。

不要說出不相干的事情

期刊論文包含三個基本部分：緒論、正文、結論。撰寫清晰的期刊文章，請列出有效的論點。

緒論

緒論：緒論第一段是您奠定論文基礎的地方，一定要讓讀者了解您的論文。請用一段開場白，吸引讀者的注意力；為您的讀者，提供充滿了資訊的上下文。

正文

正文之中的主題句，都要支持您在整體論文中的陳述。然後，您撰寫的段落，包括資訊拓展，並且通過研究支持主題句。最後，結束語提供了文章中下一段的過渡句子。

結論

研究論文的結論目的，不但要清楚的總結論點，並且提出進一步行動、解決方案，甚至提出新的問題，以供未來研究者可以探索的手段。但是，請不要另外提出其他不相干的論文資料，或是新的觀點。

請為您的立場進行辯護

論證文章：您的論證文章，應該表達您所採取的立場，並且讓讀者完全了解您所提出的證據。您可以記錄和驗證，依據事實、數據，以及參考文獻來支持您所說的案例。

分析文章：您需要分解主題、過程，以及研究的對象，將觀察和分析結果進行說明。

生死一瞬間

09
投稿前的檢查

投稿前檢查

　　請再次查看期刊需要的投稿指南，一般來說，期刊投稿的理想長度是平均論文 word 檔的長度約為 20-25 頁，單倍行距，以下是一些一般準則：

　　標題：請寫出簡短有力的標題

　　摘要：1 段（＜250 字）

　　簡介：1.5-2 頁

　　方法：2-3 頁

　　結果：6-8 頁

　　討論：4-6 頁

　　結論：1 段

　　圖：6-8 個圖（如果每頁放一張圖）

　　表：1-3 個表（如果每頁放一張表）

　　參考文獻：請列出 20-70 篇引用論文（2-4 頁）

　　請確認論文貢獻者角色，貢獻者角色分類法（Contributor Roles Taxonomy, CRediT）是一種期刊作者之間分工的分類法，請列出作者群的貢獻說明（authorship contribution statement），參考附錄三（p.327）。

　　請檢查一下您的作品，並且依據李克特五點量表，自我評分

Q1	嚴謹性	■ ■ ■ ■ ☐
Q2	書寫品質	■ ■ ■ ☐ ☐
Q3	整體內容品質	■ ■ ■ ☐ ☐
Q4	引發讀者興趣	■ ■ ■ ■ ☐

請採用數字和命名的標準系統。

例如：

1. 對於化學品，請使用國際純粹與應用化學聯盟的慣例，以及生化命名聯合委員會（The International Union of Pure and Applied Chemistry, IUPAC-IUB）的官方建議。

2. 對於物種，使用公認的分類命名法，例如：世界海洋物種登錄冊（World Register of Marine Species, WoRMS），學名請以斜體形式書寫。

3. 對於測量單位，請遵循國際單位制（Systéme International d'Unités，簡稱爲 SI，中文簡稱公制，英文稱爲 International System of Units）。

統計的規則

1. 請說明統計檢驗。

2. 請使用平均值（mean）和標準差（standard deviation, SD）來說明樣本分布。例如：45 ± 4。

3. 對於數字，除非需要更高的精度，否則使用兩位有效數字。例如：1.54，而不是 1.542464。

4. 請採用定量的描述。例如 $32°C$，0.5%，$p < 0.001$。

衝到馬路上的熊

10
撰寫論文的重點

每一篇期刊論文初稿在撰寫時，都是獨一無二的。

有些作者的重點放在標題或是論文架構，有些人的重點是放在方法學或是結果。有些作者從緒論開始寫作；有些作者一剛開始，可能從摘要著手一然而，摘要是論文的核心，很有可能會隨著初稿的發展而有所變化。

無論您採用何種策略，一旦您越過您寫作的障礙，並且開始撰寫論文，您可能會發現建立了一點自我的信心，可以繼續完成您的初稿。

克服寫作和提交作品的挑戰通常只是成功的一半。同儕評審可能是一種新的嘗試，而且會令您相當沮喪的過程。在得知編輯決定之前，您可能會等待數個星期，而且任何的決定，通常會讓您徹夜難眠，非常失望。有時您會面臨重大修改（major revision），或是拒絕（rejection），因為很少有稿件會被接受，甚至在第一次提交論文初稿的時候，也很難讓編輯給您輕微修改（minor revision）。

如果您第一次收到投稿期刊的評論，請做好心理準備。請記住，同儕審查的過程，本質上都是批判性的，因此審稿者的嚴厲評論，甚至是消極的語氣，您都要設法接受。指出研究中的缺陷，是審稿者的責任；但在編輯團隊的協助之下，審稿者的工作，很多都是義務的，他們提供了建設性的批評，以便協助您改善文章的寫作。

我會建議您接受這些批評，並且努力修改；如果您有機會重新提送稿件，請記住在給編輯的回覆信中，列出記錄您逐項修改的對照表。

永不放棄

如果審稿者誤解您的意思，或是做出誇張的建議，我覺得您沒有義務做出每一項建議的修訂。

但是您如果選擇不處理，或是冷處理審稿者的建議，您最後不想處理的決定，需要提供編輯一份完整周詳的解釋。

編輯希望看到您提供了與期刊性質一致性的觀點。您需引用一些原創性的文獻，包括最新的出版文章。然而，編輯討厭您引用過多和您研究無關的參考文獻，或者過度引用您自己過去的出版品。

如果最後您的論文被拒絕（rejection），仍然要非常仔細地考慮審稿者的意見，以協助您詳細修改，並且準備投稿其他期刊，重新提送您的期刊初稿。

> **期刊投稿被拒絕，這是一件常見的事情**
>
> 論文投稿被拒絕，這是研究者經常碰到的問題，即使是期刊寫作老手，碰到同儕審查，即使是一位擁有豐富經驗的寫手來說，仍然很難發表作品。資深教授的經驗法則，是將消極的心態，變成積極的心態。請運用審稿者的批評，來修正您的寫作，並且堅持下去，直到看到期刊文章出版。

同儕審查的過程，並不容易，也並非萬無一失。但是同儕審查是科學研究傳播，傳遞給全世界的最好的方式之一。因此，不管在投稿過程之中，多麼令人沮喪；請記住，您要相信這個過程。相信您，總有一天會得到期刊的青睞，看到您所投入的研究終於發表了。

我相信您永遠不會放棄，無論發表期刊，多麼具有挑戰性。

《山椒魚來了》！《守護黑面琵鷺》！

尾聲

　　隨著近年來在大學在採取評鑑升等的制度之下，西文期刊論文價值超過了中文專書寫作，反應了全球化的同一種標準時代的來臨，同時驗證了人文學術界的普遍觀點：企圖掙扎突破期刊論文的「學術工廠」的保守性格，而進入到「眾聲喧譁」（heteroglossia）的原創性格，有多麼地困難。

　　當我寫到這些的時候，天方大白。隨著每天清晨三點鐘起床，這一種「起得比雞早」的研究生涯，我已經歷經了十七年；大概我只能長嘆李白曾經說過：「高堂明鏡悲白髮，朝如青絲暮成雪。」

　　我相信，我們會成長，之後退休，我們也會衰老，我們也會凋零。這是一種不可違逆的自然過程。但是我在 2023 年《闇黑論文寫作》，以及 2022 年出版的姐妹作《闇黑研究方法》兩本書中，所創造的角色，將永遠活在我們子孫的記憶之中。這當然需要靠著人類的虛擬記憶（virtual memory）、虛擬實境（virtual reality）、ChatGPT，或是「元宇宙」的協助，或是我不認識的臉孔，協助登錄在維基百科、維基文獻，或是 Google 圖書的資料庫當中。

　　我和我朋友的分身，我的思考、狂想，和記憶，永遠年輕、不朽與永恆。

　　想想看，我也曾經年少輕狂。

　　為了書中《闇黑論文寫作》（*Research Method: The Book of Writing Research Works*）的劇情，在 1993 年，還寫過了纏綿悱惻的詩句《莫問》呢。對嘛，許多讀者都還沒有出生。沒想到，30 年，一轉眼間，就這樣的過去了，日子過得太匆匆。

鶯語呢喃、秋霜正晚、幽幽暗傷、愁悵交纏
莫道世間難堪
白髮澆頭、紅顏催老、鴻雁千里、浮萍遊子
寄影芳蹤何尋
一里相迢、兩地相忘、魂縈人間、夢斷方見
故國風雲浮現

1993《莫問》/ 方偉達

碩（博）士論文／書面報告／技術報告／專業實務報告通過簽名表

國立臺灣師範大學碩（博）士論文／書面報告／技術報告／專業實務報告**通過簽名表**

系所別： 　　　　　　學系（研究所） 　　　　　組
姓　名： 　　　　　　學號：
論文題目：（中文）
　　　　　（英文）
經審查合格，特予證明

論文口試委員

　　　　　　　　　　　○○○（委員姓名）
_____○○○○○○（服務單位全銜）

　　　　　　　　　　　○○○（委員姓名）
_____○○○○○○（服務單位全銜）

　　　　　　　　　　　○○○（委員姓名）
_____○○○○○○（服務單位全銜）

　　　　　　　　　　　○○○（委員姓名）
_____○○○○○○（服務單位全銜）

　　　　　　　　　　　○○○（委員姓名）
_____○○○○○○（服務單位全銜）
　　　　　　　　　　　論文指導教授

　　　　　系主任（所長）簽章：_____
　　　　　　中 華 民 國 ○○○年○○ 月 ○○○日

解釋名詞

中文名詞	英文名詞	定義和解釋
論文處理費	Article Processing Charge, APC	論文處理費，也稱為出版費，是出版公司向作者收取的一種出版費用。這筆費用可能由作者、作者所在機構，或是其研究贊助者支付。有時，傳統期刊或付費的開放取用期刊需要支付出版費。
藝術與人文引文索引	Arts & Humanities Citation Index, A&HCI	藝術與人文科學領域期刊文獻索引資料庫，內容包括考古、建築、藝術、哲學、宗教、歷史等人文和藝術領域。
APA格式	American Psychological Association, APA	APA格式指的就是美國心理學會（American Psychological Association）出版的《美國心理協會刊物準則》，目前已出版至第七版
論證圖	argument map	論證圖又稱為未宣告的假設。從自變量到因變量的圖形結構。論證圖包含論證的關鍵組成部分，傳統上稱為結論和前提，也稱為證據和理由。論證圖還可以顯示共同前提、異議、反駁，以及引證。論證圖存在於不同種類的論證結果，在功能上效果是一樣的，代表在論證階段的各種主張之間的一種關係。辯證圖通常用於教學，或是採用於批判性思惟的論文當中。
徵求論文	call for papers	徵求論文代表期刊編輯或是研討會編輯在嘗試從學術界徵求文章或論文提案時使用的術語。這個術語和學術會議、論文編輯合集、期刊特刊，以及投稿獎勵有關。
引用分數	CiteScore	Scopus根據當年及過去三年中可引用的期刊引用的次數，除以同樣這四年之內在 Scopus 中建立索引並出版之相同文獻類型的數量，進行排名。

中文名詞	英文名詞	定義和解釋
利益衝突	conflict of interest	利益衝突可以區分為審查者和投稿者。當期刊審查者涉及個人利益時，向自己或投稿者進行不當的審查袒護行為，稱為利益衝突。此外，當期刊的投稿者和其他的共同作者、雇主、委託計畫主管、經費贊助者，或是所屬單位存在財務、商業、法律，或是專業隸屬關係的競爭，可能會出現利益損害的關係，這一種關係，會影響研究的最終發表。
貢獻者角色分類法	contributor roles taxonomy, CRediT	貢獻者角色分類法是承認個人作者的貢獻，減少作者身分糾紛，並且促進共同作者之間的合作，貢獻者可以區分為14種，需要列在論文中，載明一位以上作者群的貢獻說明（authorship contribution statement）。
數據簡介	data in brief	數據簡介載明在開放取用的同儕審查期刊的資料庫中，藉由說明描述研究數據，並且開放給大眾使用。數據簡介藉由資訊共享，減少重複調查工作，以促進開放科學之應用。
數據墨水比	data-ink ratio	數據墨水比強調簡潔的資訊，以及清楚的表現圖形。其中圖形的模糊的背景、不必要的網格線、3D效果、陰影，以及其他不必要的色彩，會分散讀者閱讀數據的注意力，稱為低度的數據墨水比。
數據變異	data variation	數據變異也稱為數據分散，是指一組數據的散布程度。描述數據變異性的四種主要方法是： 1. 範圍：範圍是集合中最小和最大數值之間的間距。 2. 四分位間距：四分位間距是一種數值，表示分數的分布程度，並呈現該範圍列於一組分數的中間值。 3. 變異數：資料中的變異數，列出數據的分布情形。 4. 標準差：標準差呈現數據在平均值附近的聚集程度。

中文名詞	英文名詞	定義和解釋
數字對象標識符	digital object Identifier, DOI	DOI是一串數字、字母和符號,用於永久標識文檔文章,並且將其鏈接到網路連結之中。
編輯委員會	editorial board	編輯委員會係為成立學術期刊成立的專家團體,係為一種無償的榮譽職位。編輯委員會邀請審查委員,進行期刊論文審查;委員會也會針對特刊內容或是編輯方針,進行討論。
工程索引資料庫	Engineering Index, EI	提供工程研究人員查詢各類工程相關資訊,嚴格而論,一般所謂被 EI 收錄,專指 COMPENDEX 資料庫收錄。
Google學術搜尋	Google Scholar	Google學術搜尋是一種可以免費搜尋學術文章的網路搜尋引擎,該項索引包括了學術期刊、研討會論文、學位論文的資料來源索引。
知識開放	intellectual openness	期刊論文免費下載的開放原則,是現代期刊在推動開放學習和教育的新空間化、互聯性、流動性、個性化,以及全球化的發展方式。運用開放取用,研究調查結果和分析,可以提供不同專業領域的知識經驗。
國際標準書號	International Standard Book Number (ISBN)	國際通用的圖書或獨立出版物(定期出版的期刊除外)的一種代碼。國際標準書號長度為13碼或者10碼。出版公司透過國際標準書號,以編纂出版物的單一代號。每一本書,僅能申請到一個新的國際標準書號。
國際標準序列號	International Standard Serial Number (ISSN)	國際標準期刊號是一種類似於國際標準書號的期刊出版物代碼。由於期刊出版物名稱和內容的不定性,所以相對國際標準書號來說,國際標準期刊號只是一串單一的數字集,沒有像國際標準書號包含了出版社和出版地等一系列的資訊來源。
影響因子	Impact factor, IF	期刊影響因子每年由科睿唯安分析(Clarivate Analytics)發布,針對特定期刊中一篇平均論文在過去兩年中被引用次數的衡量。

中文名詞	英文名詞	定義和解釋
知情同意	Informed consent	知情同意，定義為在知道所有事實的基礎上，讓受訪者或是被施測者，做出同意的決策。
研究倫理審查委員會	Institutional Review Board, IRB	研究倫理審查委員會又稱為機構審查委員會，是一種行政機構，其成立宗旨，係在保護被招募參與在其所屬機構主持下進行的研究活動的人類研究對象的權利和福祉。IRB 負責在啓動之前審查所有涉及人類參與者的研究。IRB關注保護人類受試者的福利、權利，以及隱私。IRB有權批准、不批准、監督和要求對其管轄範圍內的所有研究活動的合宜性。IRB至少有五名不同背景的成員，以便對人類研究及其制度、法律、科學，以及社會影響進行審查。IRB包括至少一名不隸屬於該機構的成員和一名非科學家的成員。IRB的顧問提供建議，並定期參與審查會議。
國際期刊和論文集索引	international scientific indexing, ISI	ISI提供國際期刊和論文集的索引，作者可以獲得有關國際期刊影響因子和期刊論文相關資訊。如果被列為ISI期刊，可以查閱期刊的影響因子。其目的是提高開放取用學術期刊的知名度，進而促進期刊引用率和社會影響。
ISI排名	ISI ranking	期刊通常根據影響因子，在各學科的主題類別（subject category）中進行排名。一般都是依據兩年期的影響因子，評估期刊在主題類別中的排名。
期刊引證報告	Journal Citation Report, JCR	期刊引證報告是一種影響因子數據的權威資源。該數據庫提供了期刊的影響因子、引文指標、期刊的開放取用內容，以及作者描述性數據，以了解期刊在全球研究界中的作用和影響力。

中文名詞	英文名詞	定義和解釋
多變量設計	multivariate designs	多變量設計為具有多種因變量的研究，多變量研究是包含多種因變量的設計，這些因變量將導致一種最終結果；這可以解釋現實世界中的大多數多變量的問題。例如，我們無法根據季節因素預測某年度的天氣，因為這些因素涉及到污染、濕度、降水等多種原因。
開放取用	open access, OA	公開取用期刊又稱為「公開取用」、「開放獲取」、「開放近用」或「開放存取」等。這是指任何經過同儕審查，以免費的方式提供讀者取用、下載、複製、列印、分享、發行，或是檢索的電子期刊形式、書籍章節和學術專著。開放取用分成「免費」開放取用和「自由」開放取用。
開放期刊系統	Open Journal Systems (OJS)	開放期刊系統，也稱為OJS，是由公共知識計畫（Public Knowledge Project）創建並根據通用公共許可協議發行的免費軟體，用於管理同儕審查的學術期刊。
開放的研究員和貢獻者ID	Open Researcher and Contributor ID, ORCiD	ORCiD是一種個人期刊發表的數字標識符號（ORCID iD），可以將個人和其他研究人員進行區別。開放的研究員和貢獻者ID是一種專有的字母及數字代碼，用以性辨識科學家及其他學術作者和貢獻者。ORCiD可以辨別特定作者，因為作者姓名改變、部分縮寫差異，或因不同的文字系統產生姓名難以辨識，都可以透過ORCiD進行辨識。
同儕審查	Peer review	經過同行審查的出版物，稱為學術出版物。同儕審查的過程是一種刊登作品前的程序，作者的學術成果經過同一領域的其他專家的審查之後，才能確保品質，並且篩選稿件是否可以刊登。

中文名詞	英文名詞	定義和解釋
哲學博士	Ph.D.	Ph.D.係為doctor of philosophy的簡稱，起源於拉丁文的Philosophiae Doctor。博士學位必須進行原創研究，撰寫博士論文和發表期刊論文。
彈出式窗口	pop-up	彈出式窗口是透過新增網路上的廣告頁面，以增加廣告的網站流量。透過用戶在進入網頁時，自動開啟一個新的瀏覽器視窗，以吸引讀者直接到網址進行瀏覽，以為宣傳。
掠奪性期刊	predatory journal	掠奪性期刊為掠奪性出版商為了賺取暴利，在網站上刊登大量低品質的學術會議論文和期刊論文。藉由對於作者收取高額的版面費，以虛假的學術編輯和虛假的審查機制藉以牟利。掠奪性期刊的特色包含了虛假的資料庫、缺乏同儕審查、缺乏引文資料庫、缺乏出版商位置、虛假開放取用、缺乏出版政策、缺乏編輯委員會、影響因子不合常情，以及徵稿用語相當不專業。
學術著作預印本	preprints	學術著作預印本，是一種投稿中的未定稿本。預印本是指尚未經過同儕審查，在期刊網頁上刊出的科學期刊的草稿，這是學術研究成果傳播的方式之一；相較傳統學術論文，預印本可以快速傳播研究成果。作者在寫作完成之後，預先在網路中公開，以利閱讀，並在稍後經過學術期刊審查之後，進行修正，並且出版。
出版前副本	pre-publication copies	出版前副本是在標準版本出版之前進行印刷的限量版論文。這些包括校樣、初稿。 1. 初稿：初稿為作者構思的原始文本，在未更正的校樣之前的副本，有可能是一篇手稿。 2. 樣張：這些是出版物的初步版本，提供作者、編輯，和出版社進行審閱。

中文名詞	英文名詞	定義和解釋
		3. 進階閱讀副本：也稱為Advanced reader copies（ARC），或預先審查副本，這些副本由出版商私下製作，並且分發給書商和記者。由於ARC可能沒有經過整個編輯過程，因此副本通常與本書的標準版略有不同；ARC也可能擁有不同的封面。 4. 虛擬版本（Dummy editions）：有時被稱為經銷商或出版商的版本，這些版本看起來和最後消費者拿到的版本一模一樣，只是僅有第一章的文本。出版商的銷售人員採用這些版本，說服書店進行即將出版的發行書籍的推薦。
專業性質的博士學位	professional doctorate degrees	專業性質的博士學位，和哲學博士（Ph.D.）不同，獲頒專業性質的博士學位者擁有資格從事特定職業的高級學位。專業博士學位提供職業發展所需的研究技能和專業知識。在英美國家，專業博士學位的概念較新，結合實務而非純理論研究的職業探索。
研究型大學	research university	研究型大學係為將研究納入核心使命的大學，需要提供一流的研究設施，以利教師能夠完成研究，並且能夠在國際期刊中發表。因此，研究型大學的課程基本上是學術性訓練，而非職業性訓練；因此，研究型大學的訓練，崇尚的是一種批判性的思惟技能。全球研究型大學主要都是公立大學，但是美國、英國，以及日本例外。非研究型大學的高等學府，稱為教學型大學，較為重視學生教學，教學型大學的教職員生，所面臨的期刊發表的出版壓力較輕。
充分科學證據	sound science	充分科學證據又稱為健全科學，是關於政策制定中使用科學的標準，提供科學聲明的有效性和接地氣性。健全的科學強調運用科學性質的數據、事實，或是結論，並且遵循科學高標準的一種研究聲明。

中文名詞	英文名詞	定義和解釋
立體照片	stereo photographs	立體照片由兩張幾乎相同的照片組成，以產生一種立體圖像錯覺的照片，通常需要使用立體鏡進行閱讀。通常圖像需要採用銀版照相、玻璃底片，或是其他工藝的形式進行呈現。
科學引文索引	Science citation index, SCI	美國科學資訊研究所出版的期刊文獻檢索工具。SCI 收錄全世界出版的數、理、化、農、林、醫、生命科學、天文、地理、環境、材料、工程技術等自然科學期刊索引。
社會科學引文索引	Social science citation index, SSCI	綜合性社科文獻資料庫，涉及經濟、法律、管理、心理學、區域研究、社會學、資訊科學等期刊索引。
國際單位制	Systéme International d'Unités, SI	中文簡稱公制，是世界上普遍採用的標準度量系統。例如，meter（公尺，m）為長度單位；hectare（公頃，10^4平方公尺；ha）為土地的面積單位；cubic meter（立方公尺，m^3）為體積單位；liter（公升，dm^3）為液體的體積單位；gram（克，g）為質量單位。
技術問題論文	Technical Issue Paper, TIP	技術問題論文係以蒐集資訊以解決當前問題的過程發表，正式技術論文的形式，包含：摘要、緒論、完成項目、結果與討論、結論，以及參考文獻。
科學網	Web of Science, WOS	科學網是一種提供資料庫的網站，這些資料庫提供了不同學科的綜合引用數據，最初是由科學資訊研究所製作，目前歸科睿唯安所有。

貢獻者角色分類法

　　貢獻者角色分類法（Contributor Roles Taxonomy, CRediT）是一種期刊作者之間分工的一種分類法，用以列出作者群的貢獻說明（authorship contribution statement）。

　　通訊作者（corresponding author）負責確定得到所有作者的同意，列出所有作者的分類角色。此外，CRediT 聲明應在投稿過程中的系統中載明，並且在發表論文定稿的致謝部分（acknowledgement section）之前，列出下列 14 種角色，用來表示在科學學術產出中的貢獻者。上述角色，包含了貢獻者對於學術產出的具體貢獻，中英文對照如下。

中文	英文	釋義
概念	Conceptualization	提出想法、提出總體研究目標，以及擬訂研究目的的原創者。
資料管理	Data curation	生成和註釋數據、清理數據，以及維護研究數據（包括軟體代碼、解釋數據），以供資料使用的管理者。
形式分析	Formal Analysis	應用統計、數學、計算或其他形式技術進行分析，或是綜合資訊的演算者。
資金獲取	Funding acquisition	研究計畫和出版計畫項目的經費申請者。
調查	Investigation	研究和調查過程中進行實驗，或是數據/證據蒐集者。
方法論	Methodology	方法論的開發或設計者，或是模型的創建者。
計畫管理	Project administration	研究計畫規劃和執行者，或是負責協調責任的管理者。

中文	英文	釋義
資源	Resources	提供研究材料、試劑、材料、患者、實驗室樣本、動物、儀器、計算資源，或是其他分析工具者。
軟體	Software	使用或是提供程是、軟體開發、設計計算程序，或是計算機代碼和算法的演算者，或是代碼內容的測試者。
監督	Supervision	對於研究計畫和執行負有監督和領導責任者，包括核心團隊的上級指導者或是督導。
驗證	Validation	調查結果／實驗成果，或是其他研究成果的整體複製／結果再現的驗證者。
視覺化	Visualization	圖形繪製、創作，或是展示數據視覺作品的繪製者。
寫作—初稿	Writing – original draft	準備、創作，或是撰寫作品初稿（包括翻譯）的寫作者。
寫作—審查和編輯	Writing – review & editing	準備、創作，或是撰寫批判，進行文稿審查、評論或是修訂，包括出版前潤稿，或是出版後校訂階段的寫作者。

參考書目

中文書目

1. American Psychological Association，2021。美國心理學會出版手冊：論文寫作格式（7版）。雙葉。

2. Galvan, J. L., and M. C. Galvan。2020。如何撰寫文獻回顧：給社會與行為科學領域學生的寫作指南。五南。

3. Turabian, K. L.，2021。Chicago論文寫作格式：Turabian手冊9/e。書林。

4. 上野千鶴子，2021。如何做好研究論文？成為知識生產者，從提問到輸出的18個步驟。三采。

5. 方偉達，2020。期刊論文寫作與發表（1版2刷）。五南。

6. 戶田山和久，2019。論文教室：從課堂報告到畢業論文。游擊文化。

7. 安伯托‧艾可，2019。如何撰寫畢業論文：給人文學科研究生的建議。時報出版。

8. 李玉琇，2020。寫作的認知歷程：以論文寫作為例。五南。

9. 吳和堂，2020。教育論文寫作與實用技巧（6版）。高等教育。

10. 林隆儀，2019。論文寫作要領（3版）。五南。

11. 胡子陵、胡志平，2021。不再是夢想！搞定論文題目、研究架構與寫作技巧。五南。

12. 孫文良，1993。中國官制史，文津。

13. 殷海光，1964。思想與方法，文星。

14. 殷海光，2013。思想與方法，水牛。

15. 畢恆達，2020。教授為什麼沒告訴我。小畢空間。

16. 張芳全，2021。論文就是要這樣寫（5版）。心理。

17. 張高評，2021。論文寫作演繹。五南。

18. 鈕文英，2019。論文夢田耕耘實務。雙葉書廊。

19. 彭明輝，2017。研究生完全求生手冊：方法、秘訣、潛規則。聯經。

20. 潘慧玲，2021。教育論文格式（3 版）。雙葉書廊。

21. 廖柏森，2019。英文研究論文寫作：關鍵句指引（4 版）。眾文。

22. 臧國仁，2021。學術期刊論文之書寫、投稿與審查：探查「學術黑盒子」的知識鍊結。五南。

23. 蔡柏盈，2015。從字句到結構：學術論文寫作指引（第二版）。臺灣大學出版中心。

24. 韓乾，2020。研究方法原理：論文寫作的邏輯思維（3 版）。五南。

25. 蕭瑞麟，2020。不用數字的研究：質性研究的思辯脈絡（5 版）。五南。

26. 顏志龍，2021。傻瓜也會寫論文（量化＋質化增訂版）：社會科學學位論文寫作指南。五南。

英文書目

1. Blackie, M. 2014. Creating semantic waves: Using Legitimation Code Theory as a tool to aid the teaching of chemistry. *Chemistry Education Research and Practice* 15: 462-469.

2. Bravo, M. 2019. *North Pole: Nature and Culture*. Reaktion Books.

3. Case, C. M. 1928. Scholarship in sociology. *Sociology and Social Research* 12: 323-340.

4. Coutinho, E. F. (ed.). 2009. *Beyond Binarisms: Discontinuities and Displacements* (Studies in Comparative Literature). Aeroplano.

5. Cuthell, J. P., and C. Preston. 2008. Multimodal Concept Mapping in teaching and learning: a Miranda Net Fellowship project. In: Carlsen, R., McFerrin, K., Weber, R., Willis, D. A. (Eds.), *Proceedings of SITE 2008* (pp. 1999-2007) Norfolk, VA: Association for the Advancement of Computing in Education.

6. Fang, W.-T., M.-H. Huang, B.-Y. Cheng, R.-J. Chiu, Y.-T. Chiang, C.-W. Hsu, E. Ng. 2021(a). Applying a comprehensive action determination model to examine the recycling behavior of Taipei city residents. *Sustainability* 2021, 13, 490. https://doi.org/10.3390/su13020490

7. Fang, W.-T., E. Ng., S.-M. Liu, Y.- T. Chiang, and M.-C. Chang. 2021(b).

Determinants of pro-environmental behavior among excessive smartphone usage children and moderate smartphone usage children in Taiwan. *PeerJ* 2021 Jun 18;9:e11635. doi: 10.7717/peerj.11635.

8. Fang, W.-T., U. Kaplan, Y.-T. Chiang, C.-T. Cheng. 2020. Is religiosity related to environmentally-protective behaviors among Taiwanese Christians? A structural equation modeling study. *Sustainability* 2020, 12, 8999. https://doi.org/10.3390/su12218999

9. Fang, W.-T., Y.-T. Chiang, E. Ng, J.-C. Lo. 2019. Using the Norm Activation Model to predict the pro-environmental behaviors of public servants at the central and local governments in Taiwan. *Sustainability* 2019, 11, 3712. https://doi.org/10.3390/su11133712

10. Fang, W.-T., E. Ng, C.-M. Wang, and M.-L. Hsu. 2017. Normative beliefs, attitudes, and social norms: people reduce waste as an index of social relationships when spending leisure time. *Sustainability* 2017, 9, 1696. https://doi.org/10.3390/su9101696

11. Fang, W.-T. 2005. *A Landscape Approach to Reserving Farm Ponds for Wintering Bird Refuges in Taoyuan, Taiwan*. Unpublished Dissertation. Texas A&M University. https://oaktrust.library.tamu.edu/bitstream/handle/1969.1/3984/etd-tamu-2005A-RLEM-FANG.pdf?sequence=1

12. Fuller, S. 2018. Publish or perish: Is milton's paradise lost on academia? *Areo* https://areomagazine.com/2018/10/09/publish-or-perish-is-miltons-paradise-lost-on-academia/

13. Greene, B. 2000. *The Elegant Universe: Superstrings, Hidden Dimensions, and the Quest for the Ultimate Theory*. Random House Inc.

14. Heard, S. 2016. *The Scientist's Guide to Writing: How to Write More Easily*. Princeton University Press.

15. Hepburn, C. 2010. Environmental policy, government, and the market. *The Oxford Review of Economic Policy* 26:117-136.

16. Huang, C.-W., E. Ng, W.-T. Fang, L. Lo. 2022. Assessing the effectiveness of

environmental training for diving tourists using the DEA Model. *Sustainability* 2022,14, 1639. https://doi.org/10.3390/su14031639.

17. Kuo, J.-T., M.-H. Hsieh, W.-S. Lung, and N. She. 2007. Using artificial neural network for reservoir eutrophication prediction. *Ecological Modelling* 200 (2007) 171-177.

18. Margaret A., and L. Blackiea. 2014. Creating semantic waves: using Legitimation Code Theory as a tool to aid the teaching of chemistry. *Chemistry Education Research and Practice* 4(15):462-469.

19. Pigliucci, M. 2013. The demarcation problem. A (belated) response to Laudan. In Massimo Pigliucci & Maarten Boudry (eds.), *Philosophy of Pseudoscience: Reconsidering the Demarcation Problem*. University of Chicago Press.

20. Pragmatism and Post-Modernism. 2020. *CK12*. https://k12.libretexts.org/@go/page/2763

21. Sandström, U., and P. van den Besselaar. 2016. Quantity and/or quality? The importance of publishing many papers. *PLOS ONE* 11(11): e0166149. https://doi.org/10.1371/journal.pone.0166149

22. Society of Environmental Toxicology and Chemistry (SETAC). 1999. *Sound Science Technical Issue Paper*. Pensacola, FL, USA.

23. Sowa, J. 2009. *Communication to the Global Ontology Forum based on Sowa's interpretation of the Charles Sanders Peirces's "Logic of Pragmatism"*. http://www.jfsowa.com/figs/soup5a.gif

24. Toulmin, S. 1958. *The Uses of Argument*. Cambridge University Press.

25. Toulmin, S. 1972. *Human Understanding*. Princeton University Press.

26. Toulmin, S. 1990. *Cosmopolis: The Hidden Agenda of Modernity*. The University of Chicago Press.

27. Toulmin, S. 2001. *Return to Reason*. Harvard University Press.

28. The Open University. 2019. *Digital thinking tools for better decision making*. https://www.open.edu/openlearn/science-maths-technology/digital-thinking-tools-better-decision-making/content-section-overview

Note

Note

Note

Note

國家圖書館出版品預行編目資料

闇黑論文寫作——一本從碩博生到學者撰寫
論文、發表期刊所需的專業手冊／方偉達
著.--初版.--臺北市：五南圖書出版股份有
限公司, 2023.05
面；　公分
ISBN 978-626-317-772-7(平裝)

1.論文寫作法

811.4　　　　　　　　　111004925

1XMR 論文寫作系列

闇黑論文寫作
一本從碩博生到學者撰寫論文、發表期刊所需的專業手冊

作　　者 ― 方偉達

發 行 人 ― 楊榮川

總 經 理 ― 楊士清

總 編 輯 ― 楊秀麗

副總編輯 ― 黃惠娟

責任編輯 ― 陳巧慈

封面設計 ― 韓衣非

插　　畫 ― 陳柏宇

出 版 者 ― 五南圖書出版股份有限公司

地　　址：106台北市大安區和平東路二段339號4樓

電　　話：(02)2705-5066　　傳　　真：(02)2706-6100

網　　址：https://www.wunan.com.tw

電子郵件：wunan@wunan.com.tw

劃撥帳號：01068953

戶　　名：五南圖書出版股份有限公司

法律顧問　林勝安律師

出版日期　2023 年 5 月初版一刷

定　　價　新臺幣520元

經典永恆・名著常在

五十週年的獻禮 —— 經典名著文庫

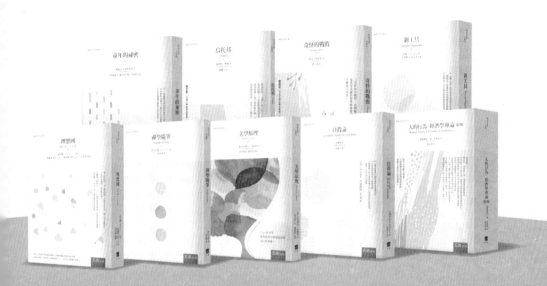

五南，五十年了，半個世紀，人生旅程的一大半，走過來了。

思索著，邁向百年的未來歷程，能為知識界、文化學術界作些什麼？

在速食文化的生態下，有什麼值得讓人雋永品味的？

歷代經典・當今名著，經過時間的洗禮，千錘百鍊，流傳至今，光芒耀人；

不僅使我們能領悟前人的智慧，同時也增深加廣我們思考的深度與視野。

我們決心投入巨資，有計畫的系統梳選，成立「經典名著文庫」，

希望收入古今中外思想性的、充滿睿智與獨見的經典、名著。

這是一項理想性的、永續性的巨大出版工程。

不在意讀者的眾寡，只考慮它的學術價值，力求完整展現先哲思想的軌跡；

為知識界開啟一片智慧之窗，營造一座百花綻放的世界文明公園，

任君遨遊、取菁吸蜜、嘉惠學子！